KB168164

장현미(張賢美)

북경 중앙민족대학에서 조선어
문학을 전공했다. 이화여자대
학교 대학원 한국학 석사 졸업,
한국학 중앙연구원 인류학 박
사과정을 수료했다.
저서로는《우리말로 배우는 중
국어》가 있고, 번역서로는《중
국음악에서 중국문화를 보다》
가 있다. 현재 중국 저작물들을
한국어로 번역하는 일에 정진
하고 있다.

쉽게 읽고
깊게 깨우치는
이야기

도서출판

도서출판

쉽게 읽고 깊게 깨우치는 이야기

초판 1쇄 인쇄 2016년 11월 25일
초판 1쇄 발행 2016년 12월 1일

지은이 | 장현미
펴낸이 | 안대현
디자인 | 페이퍼마임
펴낸곳 | 도서출판 풀잎
등 록 | 제2-4858호
주 소 | 서울시 중구 필동로 8길 61-16
전 화 | 02-2274-5445/6
팩 스 | 02-2268-3773

ISBN 979-11-85186-36-8 03800

이 도서의 국립중앙도서관 출판예정도서목록(CIP)은 서지정보유통지원시스템 홈페이지(http://seoji.nl.go.
kr)와 국가자료공동목록시스템(http://www.nl.go.kr/kolisnet)에서 이용하실 수 있습니다.
(CIP제어번호 : CIP2016028294)

쉽게 읽고
깊게 깨우치는
이야기

아는 것은 좋아하는 것만 못하고 좋아하는 것은 즐기기만 못하다. 즐기면 근심을 잊는다.
- 공자

이 책은 철학적 의미가 다분히 있는 소담(笑談)을 선택하여 독자들이 가볍게 읽으면서 마음이 후련하게 웃을 수도 있고 또한 웃음 뒤에 음미가 뒤따르는 철리(哲理)와 우의(寓意)를 제시했다.

프랑스의 미셸 몽테뉴는 "철학이란 자연스럽고 구체적인 격정을 가라앉혀 주는 학문이며 배가 고프거나 몸이 아파도 웃을 수 있는 법을 가르치는 학문이다."라고 말했다. 만약 철학이 인생을 벗어난다면 공허하게 되고 또한 인생이 철학을 벗어나면 맹목적이 된다. 그러므로 철학이 없으면 인생은 웃는 법을 모르고 무미건조하게 살아야만 한다.

소담은 고위층으로부터 서민에 이르기까지 웃으며 일하고 살아가는 사람들의 살맛을 풍요롭게 해준다. 그렇지만 소담 속의 지혜는 누가 심도 있게 체득할 수 있었으며 그 도리는 누가 조용히 사색할 수 있었겠는가? 그것은 오직 독자 자신들뿐이다.

지식은 지혜가 아니다. 지식이 자연에 관계되는 학문이라면 지혜는 인생에 관계되는 학문이다. 그러므로 인생의 풍미(豐美)와 풍상고초(風霜苦楚)는 지식보다 지혜로 체득하는 것이다.

독자들은 이 책을 가볍게 읽으면서 웃는 가운데 스스로 마음이 트임을 느끼면서 풍미로운 삶의 지혜를 얻게 될 것이다.

저자로부터

contents

머리글 • 4

1부
세상 보는 눈

2부
마음을 움직이는 혀

1부

세상 보는 눈

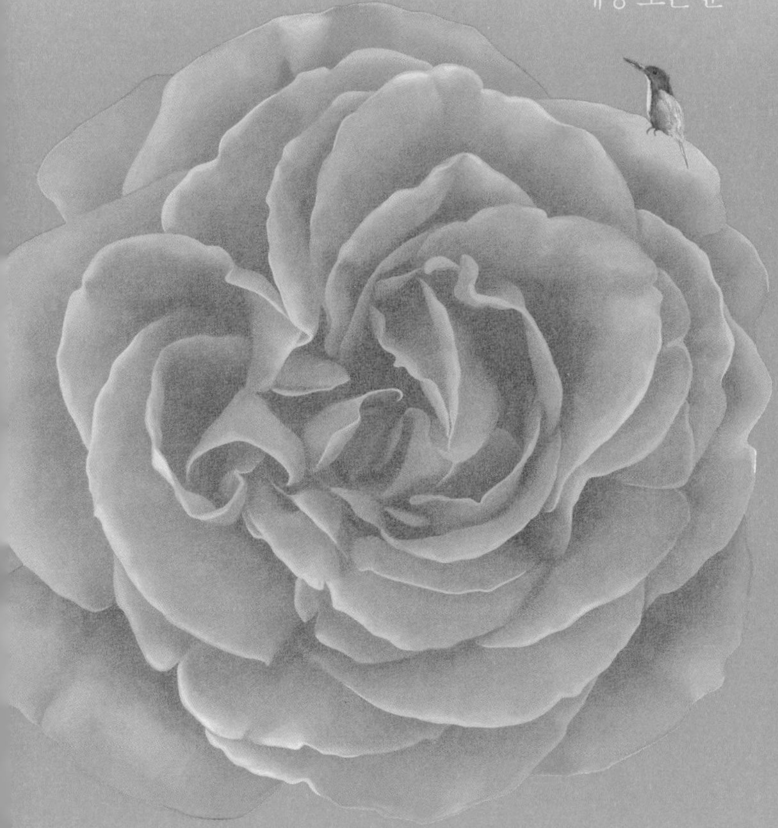

인생의
행복

하루는 한 학생이 선생님 댁을 찾아왔다. 선생님은 창밖 화원의 무엇에 심취된 듯 골똘히 생각에 잠겨 있었다.

"선생님, 선생님께서는 무엇을 그렇게 골똘히 생각하고 계십니까?"

"매번 내가 한 과학자와 이야기를 나누게 되면 나는 틀림없이 내가 태어난 행복을 잃게 된다. 그러나 내가 나의 화원과 이야기를 나누게 되면 곧바로 인생은 밝은 햇빛으로 충만하고 있음을 깊이 믿게 된다."

인생의 좌표는 사물과의 대비로부터 얻게 된다.
위와 비교하면 부족하고 아래와 비교하면 여유가 있게 되고
부동한 사람과 비교하면 같지 않는 감수를 얻게 되며
때로는 아래와 비교하는 데서 안위와 자신을 찾게 된다.

어리석은
교수

"교수님, 듣건대 교수님 부인께서 쌍둥이를 출산하셨다는데 남자애입니까 아니면 여자애입니까?"

"좀 생각해 봅시다. 하나는 여자애 같고 하나는 남자애 같기도 합니다. 그러나 바로 서로가 상반되는 것 같기도 합니다."

"어리석음도 얻기란 그리 쉽지 않다"는 말이 있다.
이것은 번잡한 것을 간명하게 한다는 지혜와의 경계인 것이다.
그러나 바꾸어 보면 간명한 것을 번잡하게 한다는 것이 되는데
이는 우리로 하여금 어찌할 수 없이 한바탕 바보처럼 웃게 한다.

짖는 개는
물지 않는다

하루는 프랑스 사람이 그의 영국 친구 집을 찾아갔다. 그가 친구 집 문밖에 이르렀을 때 개 한 마리가 뛰어나와 그를 향해 미친 듯이 짖어댔다. 프랑스 사람은 겁에 떨며 어쩔 줄을 모르고 있을 때 그의 친구가 나와서 그를 맞이했다.

"오, 무서워하지 마. 자네도 알지만 '짖는 개는 물지 않는다'는 속담이 있지 않나."

"아, 그래. 우리 둘은 그 속담을 알고 있지만 저 개도 그 속담을 알고 있을까?"

철학 담소

우리가 외부 조건에 대해
지나치게 비난을 하게 되면 아무런 좋은 점도 돌아오는 것이 없다.
다만 그것은 우리가 한 발자국도 내디딜 수 없는 이유가 될 뿐이다.

유쾌한
사람

늘 울적해 있는 국왕이 근심이 되어 하루는 대신이 한 도사를 찾아가 물었다. 도사는 말했다.

"만약 국왕이 유쾌한 사람의 신발을 신을 수만 있다면 그 병은 곧 나을 수 있습니다."

도사의 말을 듣고 대신은 돌아다니면서 유쾌한 사람을 찾았다. 하루는 대신이 빈궁한 촌락에 들어서니 갑자기 어디선가 유쾌한 사람의 노랫소리가 들려왔다. 노랫소리를 따라 찾아가니 그 사람은 바로 밭을 갈고 있는 농부였다.

"당신은 유쾌합니까?" 하고 대신이 물었다.

"나는 하루도 유쾌하지 않는 날이 없습니다."

대신은 농부의 말을 듣고 기쁜 나머지 자기가 찾아온 사연을 말해 주었다. 농부는 대신의 말을 듣고 앙천대소하며 말했다.

"국왕께서는 원래 그 신 한 켤레도 없었네요?"

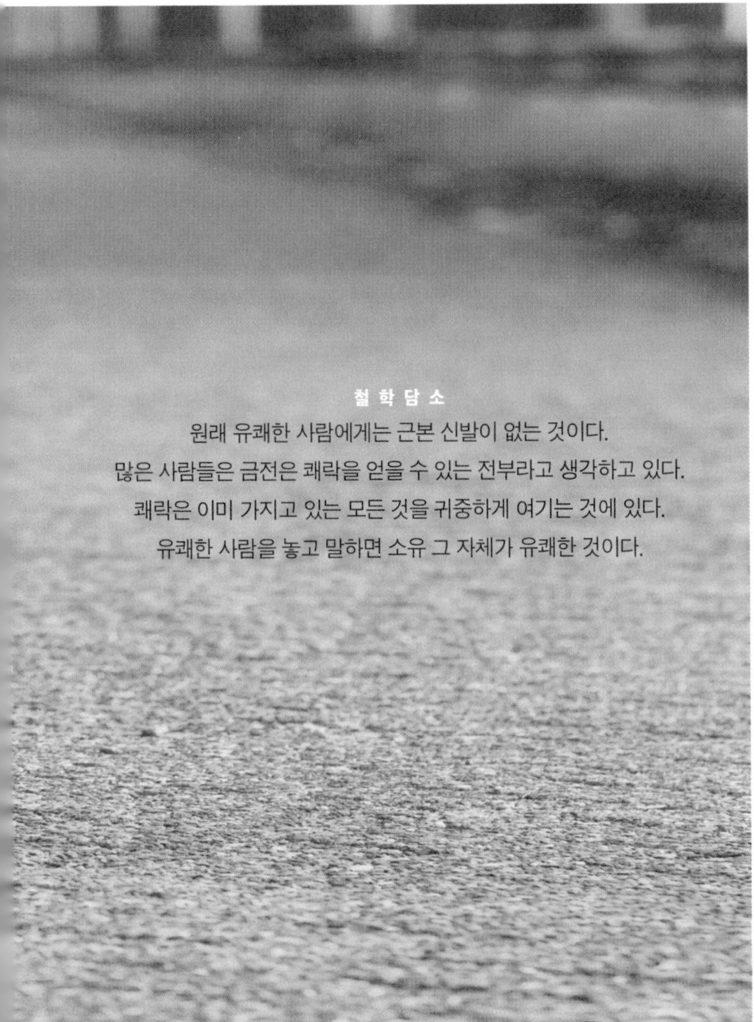

철 학 담 소

원래 유쾌한 사람에게는 근본 신발이 없는 것이다.
많은 사람들은 금전은 쾌락을 얻을 수 있는 전부라고 생각하고 있다.
쾌락은 이미 가지고 있는 모든 것을 귀중하게 여기는 것에 있다.
유쾌한 사람을 놓고 말하면 소유 그 자체가 유쾌한 것이다.

머리칼이
빠지다

"의사 선생님, 저는 늘 머리칼이 빠집니다. 왜 그런지 알려 주세요."

"일반적으로 말해서 사람들이 과도하게 근심하는 데서 머리칼이 잘 빠집니다. 지금 당신께서 어떤 문제에 대해 고민하고 있습니까?"

"저는 늘 저의 머리칼이 더 심하게 빠지는 것에 대해 가슴을 태우고 있습니다."

철 학 담 소

흔히 사람들이 무서워하는 것은
애타게 근심하는 것이며 일종의 악성순환을 하는 정서를 가지게 하는 것이다.
과도한 근심은 사람들로 하여금
근심에서 헤어 나오지 못하게 만든다는 것을 알아야 한다.

파리의
운명

　미국인, 중국인, 유대인 세 사람이 커피숍에서 커피를 마시고 있었다. 갑자기 파리가 날아와서 이 세 사람의 음료수 컵에 빠졌다. 미국 사람은 시중꾼을 불러 새로운 것으로 바꿔 줄 것을 요구했다. 중국인은 두말없이 음료를 마셨다. 유대인은 파리를 건져 탁상 위에 놓으면서 "토해버려, 이제 마신 음료를 토해버리라고!" 하며 소리쳤다.

흔히 세도가 불공정할 때 우리는 운수가 나쁘다고 원망을 하게 된다.

이럴 때 한 번쯤은

자기의 시야가 좁고 노력이 부족했다고 반성해 본 적이 있는가?

결과적으로

각도와 힘이 같지 않는데서 현저한 차이가 있게 되는 것이다.

성격을
고치다

쌍둥이 형제 중 한 명은 너무나 낙관적인 반면 다른 한 명은 너무나
비관적이어서 쌍둥이 아버지는 아들의 성격을 고쳐 주려고 무던히 애
를 썼다.

하루는 색깔이 선명한 각양각색의 완구를 사다가 비관적인 아들에게
주고 낙관적인 아들에게는 말똥이 가득히 쌓여 있는 마구간에다 가두
었다. 이튿날 아침, 아버지는 비관적인 아들이 눈물을 흘리고 있는 것
을 보고 왜 완구를 가지고 놀지 않았는지 물었다.

"완구를 가지고 놀면 부서지지 않나요?" 하고 눈물을 흘리는 것이었다. 아버지는 길게 한숨을 내쉬고는 마구간에 들어가 보니 낙관적인 아들은 흥겹게 말똥무지에서 무엇을 열심히 찾고 있었다.

"아버지, 제 생각에는 말똥무지 속에 꼭 말 새끼가 숨어 있을 것 같아요."라고 아버지에게 말했다.

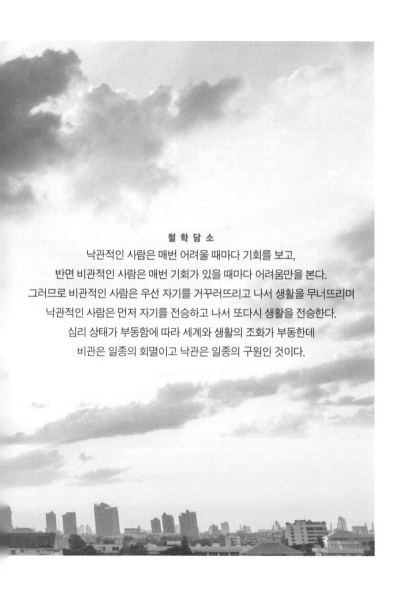

철 학 담 소

낙관적인 사람은 매번 어려울 때마다 기회를 보고,

반면 비관적인 사람은 매번 기회가 있을 때마다 어려움만을 본다.

그러므로 비관적인 사람은 우선 자기를 거꾸러뜨리고 나서 생활을 무너뜨리며

낙관적인 사람은 먼저 자기를 전승하고 나서 또다시 생활을 전승한다.

심리 상태가 부동함에 따라 세계와 생활의 조화가 부동한데

비관은 일종의 회멸이고 낙관은 일종의 구원인 것이다.

갑을
두 거지

거지 갑 : 지금 물가가 하늘 높은 줄도 모르고 뛰어오르지.

거지 을 : 그렇잖고, 아마 장사도 안 되는가 봐.

거지 갑 : 취직도 어려워 대학 졸업하고도 집에서 놀고 있잖아.

거지 을 : 우리는 그래도 행운이야. 물가는 오르고 장사는 안 되고 취직도 어렵잖아. 그런데 이것은 우리와 아무런 관계도 없어.

거지 갑 : 낮은 소리로 말해. 남이 들으면 되레 우리는 불리해져.

철 학 담 소

자기를 정확히 모르는 사람이 가장 슬픈 일이다.
지금 바로 자신의 정서가 얼마만큼이나 즐겁다 할지라도
그것은 하나의 거짓에 지나지 않는다.

인생
팔고(八苦)

첫째 : 태어남이 고통이다.

둘째 : 늙어감이 고통이다.

셋째 : 몸 아픔이 고통이다.

넷째 : 죽어감이 고통이다.

다섯째 : 사랑하는 사람, 좋아하는 사람과 이별하는 것이 고통이다.

여섯째 : 미워하는 사람과 싫어하는 사람을 만나는 것이 고통이다.

일곱 번째 : 구하고자 해도 구하지 못함이 고통이다.

여덟 번째 : 노력은 않고 쾌락만을 좇는 것이 고통이다.

철 학 담 소

인생의 여덟 가지 고통은
사람이 너무 욕심이 많기 때문이고
또한 세상 돌아가는 이치를 모르기 때문이다.

인간이란?

　플라톤 : 인간은 털 없는 두 발 달린 동물이다.

　고고학자 : 인간은 문화의 축적자이며, 도시 건설자이며, 도기 제조자이며, 농작물 파종자이며, 문자 발명자이다.

　마크 트웨인 : 인간은 부끄러움을 알고 또 부끄러움을 필요로 하는 유일한 동물이다.

　인류학자 : 인간은 다음의 특성을 대표한다. 두 발, 날카로운 눈빛, 부지런한 두 손, 발달한 두뇌.

　심리학자 : 인간은 비범한 대뇌를 가진 동물로 사유와 추상력을 지녔다. 이 능력이 선조로부터 이어받은 천성과 감성을 억눌렀다.

생물학자 : 인간은 세포의 집합체이다.

생물화학자 : 인간은 핵산이 상호작용하는 그릇이다.

물리학자 : 인간은 엔트로피의 감소자이다.

천문학자 : 인간은 우주의 아들이다.

신학자 : 인간은 죄악과 범죄로 꾸민 소란스런 연극의 공손한 참여자이다.

처음
보다

"법관 선생님, 한 사람이 나를 코뿔소 같다고 욕을 합니다. 내가 그를 고소할 수 있습니까?"

"할 수 있습니다. 그가 어느 때 욕을 했습니까?"

"일 년 전의 일입니다."

"그럼, 왜 그때 고소하지 않았습니까?"

"제가 어제서야 그 코뿔소를 처음 보았습니다."

인간 생활에서 무지가 때론 사람들의 쾌락을 조장하기도 하고
혹은 불쾌한 진상을 충분하게 훌시할 수도 있게 한다.

고기를
먹다

한 라마승이 무척 고기가 먹고 싶었지만 고기를 어떻게 해서 먹어야
하는지를 몰라 정육점에 가서 점원에게 물었다.

"칼로 잘게 썰어서 익혀서 먹으면 됩니다."라고 점원이 가르쳐 주었다.

"칼은 어디에 가서 삽니까?"

"철물점에 가면 살 수 있습니다."

라마승은 철물점에 가서 칼 한 자루를 샀다. 그는 오른손에 칼을 들
고 왼손에는 고기를 들고 거리를 걸어갔다. 방금 성문을 나서자마자 웬
독수리가 쏜살같이 내려와서 고기를 낚아채서 날아올랐다.

라마승은 독수리를 처다보면서 하는 말이 "바보 같으니라고, 네놈이 칼도 없이 그 고기를 어떻게 먹나 보자!"

철 학 담 소

자기와 같은 단점이 남들에게도 있을 수는 있지만
그러나 흔히 사람들은
자기의 단점이 남의 단점이 될 수 있다고 말할 수 없다.
어떻게 똑같은 표준으로 자기와 남을 평가할 수 있겠는가?

소도둑과
신부

소도둑 : 신부님, 저는 죄를 지었습니다.

신부 : 매개인은 저마다 죄가 있습니다. 당신은 무슨 죄를 졌습니까?

소도둑 : 신부님, 저는 남의 소 한 마리를 훔쳤습니다. 어떻게 하면 좋습니까? 신부님, 소를 신부님께 드리면 좋지 않을까요?

신부 : 저는 싫습니다. 당신은 반드시 그 주인에게 돌려줘야 합니다.

소도둑 : 그런데 그는 소를 가지려고 하지 않습니다.

신부 : 그럼, 당신이 소를 가지세요.

그날 밤에 신부가 집에 와보니 자기 소가 없어졌음을 발견했다.

혈 학 담 소

우리는 때로 남에게 속을 수가 있다.
그것이 명백히 속임수라는 것을 알고서도
그 올가미에 어쩔 수 없이 걸려드는 수가 있다.
이런 함정에 빨려 들어가는 주된 원인이라면 바로 탐욕
때문이 아니면 그 함정을 파는 사람이 상대할 사람을
너무나 잘 운해하고 있기 때문일 것이다.

출국
이유

학교에서 한 명의 학생을 미국에 유학 보내려고 이에 적합한 학생을
선발하는데 고민하고 있었다. 이때, 한 학생이 교장선생님을 찾아와서
이렇게 말했다.

"교장선생님, 제가 미국 유학 가는 것이 제일 적합합니다. 저는 낮 수
업시간에는 늘 잠을 자려고 하고 밤에는 통 잠을 잘 수 없습니다. 중국
이 낮이 되는 동안 미국은 바로 밤이 되니까요."

철 학 담 소

마침내 자기가 이익을 획득할 수 있는 구실을
용케도 찾았다고 기쁨에 도취되어 날뛸 때
이미 주위 사람들은 그것이 미련한 구실이라는 것을
꿰뚫고 있다는 것을 그는 발견하지 못하고 있다.

이치대로 되어
만족하다

사장 : 당신이 오늘 우유에다 물을 타지 않았소?

직원 : 네, 사장님.

사장 : 당신이 이렇게 하면 도덕에 어긋남을 알고 있을 텐데…….

직원 : 네, 사장님. 그러나 사장님께서 친히 말씀하셨는데요!

사장 : 내가 말한 것은 먼저 물 한 통을 준비해 놓고 그 통에다 우유를 부어 넣으라고 말한 것은 이치에 맞는 말이다. 이것은 우유에다 물을 탄 것이 아니다. 알겠는가?"

철 학 담 소

사람은 자기를 속일 수 있을까?
이것은 매우 심각한 철학적인 질문이다.
그러나 현실 생활에서 스스로 자기를 속이는 두 가지 정황이 있을 수 있는데,
하나는 책임을 피하는 것이고,
다른 하나는 자신을 위안하는 구실을 찾는 것이다.

어린이의
논리

선생님 : 우리 학교에서는 다음 학기부터 영어로만 수업을 합니다.

학생 갑 : 우리는 알아들을 줄 모릅니다.

선생님 : 알아듣지 못한다고 근심할 필요 없단다. 언어 학습은 반드시 많이 들어야 하는데 너희들이 매일 선생님이 말하는 영어를 듣게 되면 시간이 흐르면서 자연히 알아들을 수 있을 거야.

학생 을 : 선생님, 저는 매일 우리 집 강아지의 짖는 소리를 듣지만 무슨 말인지 통 모릅니다.

철학 담소

생활은 언제나 극단적이고, 뜻밖이고, 심지어 터무니없는 것이 있다.
그러나 이런 것은 책임을 벗어날 수 없는 구실이 될 수 없다.
그러므로
현실을 정시하고 책임을 짊어지며 착실하게 하지 않으면 안 된다.

붉은 신호등과
경찰

    밤에 한 사람이 차를 몰고 사거리 입구에 이르자 노란 신호등이 붉은 신호등으로 바뀌었다. 그러나 그는 경찰도 없는 터라 속도를 내어 사거리를 쏜살같이 지났다. 그런데 뜻밖에도 경찰이 나타나 그를 가로막았다.

    "당신은 빨간 신호등을 못 봤소?"

    "봤습니다."

    "그럼, 왜 신호등을 무시하고 차를 몰았소?"

    "문제는 당신을 못 봤습니다."

철 학 담 소

우리는 일상생활에서
교묘한 꾀면 귀신도 모른다고 감쪽같이 속이는 때가 없지 않아 있다.
그러나 우리가 하는 일은 하늘이 알고 땅이 알기에
속이고 숨기려야 숨길 수 없는 것이다.
우리는 매일 자기가 한 일에서
어떤 이유로 속였거나 둘러맞춘 일이 있었는지를 반성해 볼 필요가 있다.

용기

　미·영·독 3국의 장교들이 한 자리에 모여 진정한 용기에 대해서 열렬히 토론을 진행하고 있었다. 영국 장교는 한 수병을 불러 엄숙하게 말했다.

　"30m 높이의 지대에 기어 올라가서 경례를 세 번 하고 그곳에서 뛰어내릴 것을 명령한다."

　"뭐라고 했지요? 당신 정신이 나간 거 아니요? 당신은 날 죽이려는 것이요? 아니면 당신이 무슨 일이라도 생긴 거요?"라고 수병은 분노하여 장교를 향해 큰 소리로 말했다. 이윽고 영국 장교가 말했다.

　"여러분, 보세요! 우리 사령관을 두고 말할 때 이것이 바로 진정한 용기입니다!"

견정하고 정확한 관점은 두뇌뿐만 아니라 용기를 필요로 한다.
과학의 발전은 과학자의 진리에 대한 집착과 견지가 동반되어야 한다.
유일한 권리가 아니라 유일한 실제적인 것은
우리가 반드시 지켜야 할 원칙이고 때로는 대가를 치러야 한다.

나이에 따른 말투

어릴 때 : "우리 엄마, 아빠가 그러는데……."

초등학생 때 : "선생님이 그러시는데……."

중학생일 때 : "친구가 그러는데……."

고등학생일 때 : "책에서 봤는데……."

사회인이 되었을 때 : "누가 그러는데……."

누가
발이 많은가

뱀, 개미, 거미, 지네가 마작을 놀다가 담배가 다 떨어졌다. 그리하여 누가 가서 담배를 사올 것인가를 의논했다.

뱀 : 난 발이 없어 빨리 갈 수 없으니 개미보고 가라고 해.

개미 : 거미는 발이 8개이니 나보다 많아 빨리 갈 수 있으니 거미보고 사오라고 해.

거미 : 내 발이 아무리 많다 해도 지네보다 많지 않으니 지네 보고 사 오라 해.

지네는 아무리 생각해 보아도 뾰족한 수가 없자 자신의 발이 많은 것을 원망하면서 부득이 담배를 사러 갔다. 그런데 한 시간이 지나고, 세 시간이 지나도 지네는 돌아오지 않았다. 그리하여 여럿은 거미에게 가 보라고 했다. 거미가 나가보니 문앞에 앉아 있는 지네가 보였다.

"넌 여기서 뭘 하니? 남들은 모두 널 기다리고 있는데."

"보면 몰라! 어쨌든 신을 다 신어야 할 것 아니야!"

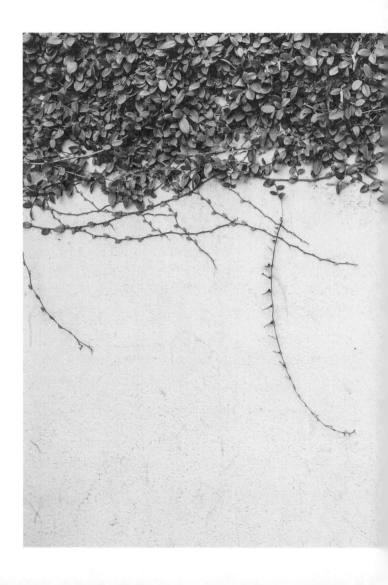

철 학 담 소

무슨 일이란 유리한 면이 있으면 반면 폐단도 있기 마련이다.
총명한 현대인은 왕왕 일의 유리한 점만 보고
불리한 면은 그리 중시하지 않는다.
그러므로 문제를 전면적으로 고려하지 않으면
결과는 바로 속담에 있는 말처럼
"급히 먹는 밥이 체한다."

쌍방이
모두 좋게 하다

  시골의 한 집에는 아주 예쁜 딸이 있었는데, 아들이 있는 두 집에서는 서로 자기네 며느리를 삼겠다고 청혼을 했다.

  동쪽에 있는 집은 부유했지만 아들이 못생겼고, 서쪽에 있는 집은 가난하지만 아들이 잘생겼다. 그리하여 부모는 결정하기가 딱하여 그 일을 딸에게 맡겼다. 그러자 딸이 하는 말이 "나는 밥은 동쪽 집에 가서 먹고 자기는 서쪽 집에 가서 자겠어요." 라고 말했다.

이익을 추구하고 해를 피하는 것은 사람의 본능인데
흔히 이해관계는 서로와의 관계에서 산생되는데
다만 자기의 조건에 근거하여 판단하고 선택을 하게 되면
이야기처럼 다만 이익만을 선택하는 방법은 도리에 어긋나는 것이다.

가마꾼

어느 날, 개를 잃은 선생이 가마꾼을 불렀다.

"자네들이 나의 개를 찾아주게나."

"우리는 선생님의 개를 찾아주러 온 것이 아니라 선생님의 가마를 메어주러 왔습니다."

"나는 개를 찾아야겠네. 어서 가마를 가져오게."

그리하여 선생은 가마에 앉고 두 가마꾼은 가마를 메고 산을 넘고 물을 건너며 개를 찾아 헤맸다. 기진맥진한 가마꾼은 이구동성으로 애원했다.

"선생님. 제발 좀 쉬었다 갑시다. 그리고 개를 찾으러 계속 돌아다니시려거든 우리가 찾아드리지요!"

"그렇게 하게!"

선생은 이렇게 대답하고는 집으로 돌아갔다. 가마꾼은 나무 밑에 앉아 땀을 닦으면서 중얼거렸다.

"재주를 부리려다 망신만 당했네!"

철 학 담 소

무슨 일이나 이해관계에 대해 잘 생각해 보고 행동해야 한다.
경거망동하다가는 고생은 고생대로 하고 망신을 당하고 바보 취급을 받아
남들의 조소를 받을 수 있다.

보석 두 덩이

어느 날, 국왕이 아첨하기 좋아하는 신하를 불러놓고 말했다.

"누구든지 가장 짧은 시간 내에 나라를 이룩한 사람은 이 두 덩이 보석 가운데서 한 덩이를 가질 수 있다."

한 대신이 대뜸 황제의 주위를 한 바퀴 돌고 나서 말했다.

"임금님, 제가 이 상을 받을 수 있습니다."

"왜?"

"참, 임금님이시자 곧 나라가 아니십니까?"

신하의 말에 감명을 받은 임금은 그에게 보석 두 덩이를 다 주었다. 그것을 본 다른 대신들은 수군거렸다.

"아첨쟁이가 바보를 부식했네!"

아첨쟁이의 말을 듣기 좋아하는 사람은 바보가 되고
바보는 또한 제 죽는 줄 모르고 아첨쟁이를 키운다.

누가
무료한가

갑 : 세계에는 그런 무료한 사람들이 있다네.

을 : 왜 그렇지?

갑 : 한 낚시꾼이 아침 8시부터 저녁 4시까지 줄곧 낚시질을 하는데,
한 마리도 못 낚았으니 그런 사람이 무료하지 않다고 말할 수 있을까?

을 : 정말로 무료하군. 그래, 그런데 당신은 그것을 어떻게 알았지?

갑 : 나는 줄곧 그가 갈 때까지 지켜보았으니까!

사실, 아무 할 일이 없는 사람만이 아무 일 없는 남을 발견할 수 있다.
때로는 남의 결점을 폭로하는 것은 하나의 모험적인 일이지만
많은 사람들이 남의 결점을 두고 조소할 때는
동시에 자기의 결점도 폭로된다는 사실을 알아야 한다.

기쁘면
목소리가 커진다

사람들은 뜻밖에 가슴이 터질 듯한 기쁜 소식을 들으면 자기도 모르게 "우와!", "야호!" 하며 환성을 지르게 된다. 많은 사람들은 그 환성에 대해 당연한 현상이라고 말한다. 그런데 왜 그럴까?

인간의 몸은 기쁨의 감정을 가장 먼저 대뇌에 있는 '전두엽'에 전달하고 거기에서 어떻게 반응할지를 결정한다. 전두엽은 이성을 관장하는 곳인데 그곳은 "주위 사람을 의식해서 지나친 표현은 삼가자"는 식으로 가장 빠르게 판단을 내린다. 그런데 감동이나 기쁨이 너무 크면 전두엽을 통하지 않고 '대뇌변연피질'이라는 곳으로 전달한다. 이곳은 신속하게 본능적인 반응을 하도록 명령을 내린다. 그래서 주위 환경에 개의치 않고 크게 환성을 지르게 된다.

천치

　한 병사가 상부로부터 진급 소식을 듣자 기쁜 나머지 바로 새 옷으로 갈아입고 거울 앞에서 이리저리 비춰보면서 아내에게 물었다.

　"여보, 거울 속에 있는 사람이 누구지요?"

　아내는 눈을 흘기며 말했다.

　"흥, 자기조차 몰라보네!"

겸허는 사람의 미덕이다.
조그마한 진보에 우쭐거리며 뽐내지 말아야 하며,
조그마한 성취로 인해 득의만면(得意滿面)해서는 안 된다.
반드시 시시각각으로 겸허하고 신중한 마음을 보존해야 한다.

시범을
보이다

　실탄 사격 훈련 중에 한 병사는 연속 몇 발을 쏘았지만 과녁을 명중하지 못했다. 이 장면을 보고 있던 교관은 노기가 충천하여 그 병사의 총을 빼앗고 노발대발 소리쳤다.

　"바보 같으니라고, 날 보라고!"

　교관은 신중히 조준을 하고 총을 쐈지만 탄알은 과녁 밖으로 날아갔다. 교관이 이번에도 노기가 등등하여 몸을 돌려 그 병사를 향해 소리질렀다.

　"봤지, 너는 바로 이렇게 총을 쏘았다고!"

사람은 마땅히 남을 너그럽게 대하고 자기는 엄하게 대해야 한다.
그렇지만 남은 엄하게 대하고 자기 자신에 대해서는 관용하는 사람은
진보와 발전이 있을 수 없다.
그들은 남에 대해서 눈을 부릅뜨는 것이
바로 자기 자신에게도 그렇다는 것을 모른다.

여인과
공

20대 여인은 럭비공과 같이 20명이나 뒤쫓아 빼앗는다.

30대 여인은 농구공과 같이 열 사람이 뒤따라 쫓고 있다.

40대 여인은 탁구공과 같아 두 사람이 서로 넘겼다 받아친다.

50대 여인은 마치 골프공과 같다. 멀리 칠수록 좋다.

혼인 문제에서 여인은 가난에서 벗어나려고 할 필요가 없다.
무엇이나 다 자기와 비교할 수 없는 남자에게 시집가려 하지 말아야 한다.
정정당당하게 부딪쳐도 넘어지지 않고
눌러도 굽혀지지 않는 남자가
여인의 마음속의 따스한 항구일 것이다.

낚시
밥

하루는 아버지가 예쁜 딸에게 무엇 때문에 결혼하지 않는지를 물었다.

"전에 몇몇 남자친구가 있었는데, 모두 맘에 안 들고 뜻대로 되지 않아서요. 또 기다리고 물색해 봐야지요."

"늙은 처녀로 평생을 보낼까 걱정이 된다."

"아버지, 맘 놓으세요. 바다에는 고기가 많고도 많답니다."

"그래, 많고도 많지. 그러나 낚시 밥이 물속에 오랫동안 있으면 맛이 없어진단다."

여인들이 깊이 새겨둘 것은
사랑과 혼인 문제에 대해서도 이상을 위해 함께 분투하고
성과를 쟁취하여 앞으로 나아갈 수 있는 자세로 선택을 해야 한다는 것이다.
단순히 갖기 위한 소유물로 사람을 선택해서는 안 된다.

사랑의
감정

프랑스의 철학자 데카르트는 말했다.

"남을 증오하는 감정은 얼굴의 주름살이 되고, 남을 원망하는 마음은 고운 얼굴을 추악하게 변모시킨다. 감정은 늘 신체에 대해서 반사운동을 일으킨다. 사랑의 감정은 신체 내에 조화된 따스한 빛을 흐르게 한다. 그리고 맥박이 고르며, 보통 때보다 기운차게 움직인다. 또, 사랑의 감정은 위장의 활동을 도와 소화를 잘 시킨다. 이와 반대로 남을 원망하고, 미워하는 감정은 혈액 순환을 방해하는 동시에 맥박을 급하게 하며, 더 나아가 위장의 운동이 정지되어 음식을 받지 못하고 먹은 음식도 부패되기 쉽다. 그렇기 때문에 사랑의 감정은 무엇보다도 우선 건강에 좋은 것이다."

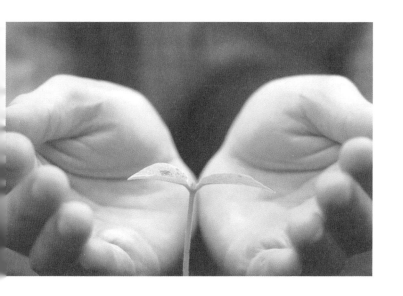

애정
방정식

총명한 남성 + 총명한 여성 = 낭만적이다.

총명한 남성 + 어리석은 여성 = 임신한다.

어리석은 남성 + 총명한 여성 = 비방한다.

어리석은 남성 + 어리석은 여성 = 결혼한다.

철학단소

남녀 애정에서 제일 어리석은 사람이 사실은 제일 총명한 사람이다.
그 원인은 그들이 행복한 혼인을 할 줄 알고 있기 때문이다.

정답

"나의 사랑, 당신은 나를 무척 사랑하고 있어요?"

"무척 사랑한다마다. 물으면 잔소리지."

"그럼, 날 위해 당신은 생명을 바칠 수 있어요?"

"바칠 수 있고말고, 그러나 그렇게 하면 잘못되는 일인데…… 그러면 그때 누가 너를 사랑할까?"

이 세상에 누가 와서 그대를 위해 어떤 일을 할 수 있겠는가?
생명은 자기의 것이기 때문에 반드시 자기를 위해 책임져야 한다.
사랑하는 부부나 연인일지라도 자기의 생명은 오직 자기가 책임져야 한다.
그 누구도 책임질 수가 없다.

보험이
없다

한 총각이 사랑했던 여자친구로부터 헤어지자는 편지를 받았다.

"비록 우리의 관계는 끝났지만 당신은 반드시 4년간 나의 청춘을 낭비시킨 손해배상금을 지불해야 합니다."

남자친구는 이렇게 답장을 보냈다.

"이 돈은 내가 배상할 수 없습니다. 당신은 보험에 들지 않았습니다."

때로는 사랑이 한 차례의 도박과 같다.
사랑에 대한 그 어떤 보상과 보답도 받을 수 없기 때문이다.

농담

아내 : 여보, 어제 저녁에 씻지 않은 그릇들을 씻을 수 없어요?

남편 : 안 돼, 난 아직 깨어나지 않았어.

아내 : 사실은 당신을 한번 시험한 거예요. 그릇은 이미 다 씻었어요.

남편 : 나는 다만 당신과 농담한 거예요. 사실 나는 당신을 도와 일하고 싶었어요.

아내 : 나도 당신과 농담한 거예요. 절 도와주고 싶으면 빨리 일어나서 그릇 좀 씻어줘요!

혼인은 언제나 남녀의 지혜와 모략을 배양하는 것인데
이런 총명은 다만 상대방에 대해서만 가능하다.

떼어놓는
묘책

얼굴도 볼품없고, 성질도 더러운 여자가 자기 친구에게 이렇게 말했다.

"어떻게 하면 그 밉상스러운 남자를 떼어놓을 수 있을까? 넌 무슨 묘책이라도 없니?"

"그 남자와 결혼해."

"그런 놈과 결혼하라고?"

"그래, 내가 보증할 테니…… 그 남자와 결혼하면 이틀도 안돼서 이혼하자고 할 테니까!"

상반된
사실

아내 : 당신은 정말 정직하지 못해. 매번 예쁜 여자만 보면 사족을 못 쓰니까. 이미 자기는 결혼한 남자라는 것조차 잊고 있어.

남편 : 나는 매번 예쁜 여자를 보면 내가 이미 결혼한 남자라는 것을 잊을 수 없어.

한 철학가는
"사람의 본성은 부단히 초월하여 새것을 추구하고 다른 것을 구하는 것이다."
라고 말했다.
좀 구체적으로 말하면
사람의 성과 사랑은 영원히 한 사람에게만 집중되어 있어야만 된다는 것은
보장할 수가 없다는 것이다.
사람은 애정에 대해 '하늘땅이 다하도록 바닷물이 마를 때까지'처럼
아름다운 희망을 표현하지만 인생은 현저하게 그렇지 못하다.
개인적인 각도에서 볼 때 확실히 인성을 속박하지나 않았는가 의심스럽다.

놓친
기회

한번은 아들이 신문에 실린 지명수배를 보고 아버지에게 물었다.

"이것이 무엇입니까?"

"이것은 나쁜 사람을 잡는 수명수배란다."

"그럼 사진은 누구입니까?"

"나쁜 사람이지."

"아, 그럼 무엇 때문에 사진 찍을 때 잡지 않았습니까?"

어떠한 사물이나 모든 것들은 이미 정해져 있는 것이 아니다.
우리가 유감이나 추악한 것이나 죄악을 발견했을 때
과거에 있었던 진실을 의심해서는 안 된다.
왜냐하면 일체 사물은 부단히 변화를 일으키기 때문이다.

20~30대가
듣기 싫어하는 말

1위 : 열심히 일해서 아끼고 저축해야 부자 된다.

2위 : 언제 시집 장가갈 거니?

3위 : 요즘 젊은 애들은 버릇이 없어.

한 조사 연구에 의하면 일보다
여자가 더 중요하다는 생각을 하는 비율이 과반수가 넘고,
40대와 50대는 겨우 25%에 지나지 않는다.
힘들게 일하고 저축하느니
사고 싶은 것 사면서 자유롭게 살겠다는 비율도
20대는 19%, 30대는 13%에 달했다.
버릇없다는 얘기는 젊은이들만은 아니다.
젊든지 늙든지 다 있다.

총명한
아이

하루는 아이가 어머니를 따라 점포에 가서 물건을 샀다. 주인은 아이가 너무 귀여워 젤리가 들어 있는 통을 가져다 아이 앞에 보이면서 먹고 싶으면 집어 먹으라고 권했지만 아이는 아무런 반응이 없었다. 그래서 가게 주인은 한 주먹을 쥐어서 아이의 주머니에 넣어 주었다. 집에 돌아와서 아이의 어머니는 왜 주인이 먹으라고 할 때 가만히 있었냐고 물었다. 그러자 아이는 이렇게 말했다.

"나의 손은 주인의 손보다 작아서 그랬어요."

철학담소

총명한 아이는 자기의 능력을 잘 알고 있기 때문에
남들이 자기보다 크고 힘이 있다는 것을 잘 알고 있었다.
무슨 일이나 다만 자기의 능력에만 의지할 것이 아니라
때에 따라 적당하게 남에게 의지할 줄 아는 것은 하나의 총명이며
또한 겸손하게 자기를 낮추는 하나의 훌륭한 인격이 된다.

주인

　송아지가 농민의 채찍 아래 땀을 뻘뻘 흘리며 밭을 갈고 있는 어미 소를 보자 너무도 가슴이 아파 눈물을 흘리며 말했다.

　"엄마, 세계는 이렇게 크고 큰데 우리는 무엇 때문에 이 골 안에서 고생을 하면서도 사람들의 시달림을 받아야 해요?"

　"애야, 방법이 없구나! 우리는 처음부터 남들의 것을 먹고 살아와서 몸이 마음대로 되지 않는단다. 대대로 내려오면서 이렇게 살아왔다."

우수함도 습관이고 중용도 하나의 습관이다.
조금도 서슴없이 말한다면 습관은 시작부터 바로 자기의 주인이 된 것이다.
만약 그의 노역 시간이 길어지면 몸은 마음대로 되지 않고
그의 노예로 전락한다.
만약 습관이 노역에 익숙해지면 바로 습관의 주인이 된다.
좋은 습관을 갖게 되면 바로 성공할 수 있는 기본을 갖게 된다.

하나의
흑점

　선생이 교실에 들어서자 화이트보드에 한 개의 흑점을 찍었다. 그러고 나서 학생들에게 물었다.

　"이것은 무엇입니까?"

　학생들은 이구동성으로 "한 개 흑점입니다."라고 대답했다. 그러자 선생은 짐짓 놀란 척 말했다.

　"다만 흑점 하나뿐입니까? 이렇게 큰 화이트보드는 보이지 않나요?"

철학담소

모든 사람들에게는 크고 작은 결점이 있다.
그런데 '당신은 무엇을 보았는가?
다만 다른 사람들의 몸에서 흑점만 보고
그가 가지고 있는 큰 바탕은 보지 못했나?'
사실 사람들은 결점보다 장점을 더 많이 가지고 있다.
만약 각도를 바꾸어 관찰하게 되면
더 많은 새로운 것을 발견하게 된다.

광고

　　미국의 한 도시에 "만약 당신께서 나에게 100달러를 보내주면 나는 당신에게 천 달러를 획득할 수 있는 방법을 가르쳐 줍니다!"라는 광고판이 걸렸다. 이 광고를 본 사람은 정말로 백 달러와 편지를 그에게 보냈다. 얼마 후 회답은 이러했다.

　　"당신은 당신과 같은 10명의 바보를 찾으면 됩니다!"

유혹 앞에서는 반드시 냉정하고 정신을 똑바로 차려야 한다.
그렇지 않다간 직접 받아들인 수익을 돈 주고 산 셈이 되는 것이다.

집에
가는 길

저녁에 경찰이 한 술주정뱅이가 큰 통나무를 어루만지면서 빙빙 돌고 있는 것을 보고 물었다.

"당신은 왜 이럽니까?"

"괜찮아요. 나는 집에 가고 있습니다. 이 통나무 끝자락에 저의 집이 있으니까요!"

우리도 가끔은 인생의 막다른 골목에 들어서지는 않는가?
머리가 깨지고 피를 흘려도 머리를 돌릴 생각은 하지 않을 때가 있다.
험준한 산과 사나운 강물이 길을 막아도 버드나무는 우거지고
백화가 만발한 마을이 있으니
한 번쯤은 냉정하고 변통함이 좋으리라.

말, 사슴,
사람

말은 성성한 초지를 발견한 후로는 늘 여기에 와서 포식을 하곤 했다. 그 후, 사슴 한 마리도 이 초지를 발견하고 말이 없는 동안은 여기에 와서 풀을 뜯어먹곤 했다. 그 후, 말은 이 사실을 알고 사슴이 자기의 이익을 침범했다고 여겨 사슴에게 보복을 하려 했다. 그러나 자기로서는 어쩔 수 없이 사람을 찾아 도와줄 것을 요청했다.

"나도 방법은 없는데 만약 네가 고삐와 재갈을 머리에 끼운다면 나는 너를 타고 사슴을 추격하여 징벌할 수 있을 것이다."

이리하여 사람은 말을 타고 사슴을 추격하여 징벌했다. 그리고 나서 사람은 매일 마구간에다 말을 단단히 붙들어 매어 놓았다. 이때 말은 비로소 후회했다.

"난 정말 바보였어. 조그마한 일로 보복하려다가 그만 내가 노예로 전락하다니!"

일시적인 의기로 하여 하찮은 원한을 갚으려는 것은 취할 바가 못 된다.
그리고 남에게 타격을 주고 보복을 하기 위해 수단과 방법을 가리지 않는다면
끝내는 자기가 심중한 대가를 치러야 할 뿐만 아니라
목숨까지 잃을 수 있다.

큰 인물

한 여행자가 풍경이 좋기로 유명한 산촌을 찾아갔다. 그는 길가에서 놀고 있는 아이에게 물었다.

"애야, 내가 물으면 대답해 주겠니? 이 산촌에서 큰 인물이 탄생한 적이 있었니?"

"없습니다. 여기에서는 모두 아기들만 낳습니다."

모든 성취는 성장과 함께 이루어진다.

태어나서부터 부를 갖춘 사람은 영원히 위대한 인물이 될 수 없는 것이다.

위대함은 세월과 함께 끊임없이 필사적으로 다투어서 얻어지는 것이다.

농부의
안전

어떤 사람 : 밀을 심었습니까?

농부 : 아니요, 비가 오지 않을까 근심이 되어서요.

어떤 사람 : 그럼 면화를 심었습니까?

농부 : 아니요, 벌레가 면화를 먹을까 근심이 되어서요.

어떤 사람 : 그럼 무엇을 심었습니까?

농부 : 나는 안전을 확보하기 위해 아무것도 심지 않았습니다.

철학담소

모험이 클수록 수익도 크다는 경제학 원리는 누구나 다 알고 있다.
그런데 어떠한 모험도 하려 하지 않고 어떠한 책임도 담당하려 하지 않고
아무것도 하지 않으면 결국은 한 푼어치도 얻을 수 없다.
그러므로 우리는 모험도 할 줄 알아야 한다.
우리 생활에서 가장 큰 위험은 바로 어떠한 위험도 무릅쓰지 않는 것이다.

돼지,
면양,
젖소

    주인은 돼지 한 마리, 면양 한 마리, 소 한 마리를 축사 한 칸에다 가두었다. 하루는 주인이 돼지를 붙잡자 고래 같은 소리를 지르면서 반항했다. 면양과 젖소는 돼지 소리에 짜증이 났다.

    "주인은 늘 우리를 붙잡지만 우리는 아무런 소리도 지르지 않는데."

    돼지는 그들의 말을 듣고 소리치면서 말했다.

    "주인이 너희들을 붙잡는 것과 나를 붙잡는 것은 다르다고. 주인이 너희를 붙잡는 것은 너희들의 털과 우유를 가지기 위함이지만 나를 붙잡는 것은 나의 생명을 가지기 때문이야."

입장이 같지 않고 처한 환경이 같지 않은 사람은
상대방의 감수를 도저히 이해할 수 없다.

발은 뜨겁게

한 국왕이 의사들을 모아놓고 장수하는 지식을 한 권의 책으로 모아 오게 했다. 의사들은 심혈을 기울여 1만 페이지가 넘는 한 권의 책으로 완성하여 국왕에게 바쳤다. 그런데 국왕은 이 많은 분량을 언제 읽느냐 고 하면서 요약해서 가져오게 했다. 의사들이 간추려서 1천 페이지짜 리 책으로 만들었더니 왕은 여전히 불만이었다. 그리하여 의사들은 결 국 한 페이지짜리로 만들어 가져왔다. 그래도 불만이어서 왕은 " 한 페 이지도 많으니 한 줄로 줄여라." 하고 명령했다. 의사들은 고심 끝에 한 줄짜리 글을 왕에게 바쳤다.

"발은 뜨겁게, 머리는 차게."

왕은 그제야 흡족해 했다.

철학담소

중국 성어에 '두한족열(頭寒足熱)'은 발이 더워지면
자연스럽게 온몸의 혈액순환과 신진대사가 가장 원활하게 되고
피로회복에도 매우 좋다는 원리로
가장 보편적으로 쓰이는 건강관리 방법 중 하나이다.
머리를 차게 하라는 뜻은
현실 생활에서 머리로 냉철하게 생각하고
발이 뜨겁도록 뛰면서 실천하라는 뜻으로 쓰인다.

대통령이
된 후

　　미국에서 온 한 흑인이 있었다. 그가 말하기를 "나는 시험을 다 친 후, 바로 미국에 가야 합니다."라고 했다. 내가 왜 그렇게 급히 가려고 하느냐 했더니, 흑인이 하는 말이 "대선이 시작하기 전에 미국에 도착하여, 대통령 선거에 참가하여 역사상에서 첫 흑인 대통령이 되겠습니다." 하고 말했다. 흑인이 그렇게 엄숙하고 진지하게 말하는 것을 보아 정말로 대통령이 될 것 같아 나는 그에게 짐짓 물었다.

　　"당신이 미국 대통령이 된 다음 첫 번째 할 일은 무엇입니까?"

　　"우선 백악관을 흑악관으로 고치겠습니다."

철 학 담 소

부동한 계층의 사람들은
저마다 부동한 이익관과 가치 취향이 있게 마련이다.
다만 같은 점이라면
시시각각으로 자신들의 이익을 지키고 보호하는 것이다.

특장

한번은 국어 시간에 선생님이 백과사전이라는 별명을 가진 학생에게 물었다.

"특장의 뜻이 무엇인지 한번 설명해줄 수 있겠니?"

"네, 선생님. 특장은 바로 특별한 장점입니다." 라고 신심 있게 대답했다.

"맞아. 그럼 그 단어로 단문을 지을 수 있을까?"

"네, 선생님. 저의 아저씨의 머리칼과 손톱이 특장입니다."

우리는 언제나 한 개 단어의 뜻은 정확하게 알지만
때론 예를 들거나 실제로 실천하는 과정에서는 그 참된 가치를 잊게 된다.
사실 우리는 왕왕 한 단어에 대한 이해가 얕은 것이다.
말하자면 '사랑, 용기, 관용' 등이 그렇다.

건의

한 독자가 서점에서 판매원에게 물었다.

"저는 이태리에 가서 2주일간 있을 예정인데, 이태리 여행 가이드 같은 책이 있습니까?"

"네, 있습니다. 《이태리 10일 여행》이라는 책이 방금 들어왔습니다."

"좋습니다. 그런데 나머지 나흘은 어떻게 하죠?

철학 담소

남들의 건의는 언제나 건의일 뿐이고
자기의 행위는 언제나 자기가 진행해야 하는 것이다.
지나치게 남들의 건의에만 의지한다면
결국은 자기 자신을 잊게 된다.

자수성가

사치를 좋아하는 아내에게 남편은 이렇게 설교를 했다.

"당신도 알겠지만 백만장자들은 모두 일전을 쪼개 쓰면서 자수성가 한 사람들이라고!"

"옳은 말씀이에요, 그런데 당신께서 이 돈을 다 쓰지 않으면 어떻게 자수성가하죠?"

사치를 좋아하는 성격은 근검한 도리로 고쳐지기 그리 쉽지 않다.

변화를 가져오게 하는 유일한 방법은

부득이 좌절을 겪지 않으면 안 된다.

두 허풍쟁이

한 미국인과 한 프랑스인이 제 나름대로 허풍을 떨었다.

프랑스인 : 우리나라에서는 최근 한 사람이 로봇을 발명했는데, 산 돼지를 로봇 이쪽 입구에 집어넣으면 다른 한쪽으로는 곧바로 맛 좋은 소시지가 나온다네.

미국인 : 뭐 그것이 대단하다고. 그런 로봇은 우리나라에서는 벌써부터 뜯어고친 지가 오래야. 만약 소시지가 맛이 없어서 로봇 출구에 밀어 넣으면 곧바로 로봇 입구에서 산 돼지가 뛰어나온다네.

철 학 담 소

결과에 대하여 왕왕 질문이 있게 되는 것은
시작할 때부터 착오를 범했기 때문이다.

누가
그릇을 깼는가

　저녁 식사 후 어머니와 딸은 주방에서 설거지를 하고 아버지와 아들은 거실에 앉아 TV를 보고 있었다. 갑자기 주방에서 그릇 깨지는 소리가 들리더니 잠시 조용해졌다. 아들이 아버지를 보고 말했다.

　"어머니가 그릇을 깼나 보네요."

　"그걸 어떻게 알지?"

　"남을 욕하는 소리가 없었잖아요."

우리는 같지 않은 표준으로 남을 보고 자신을 보기 때문에
이로 인하여 남을 책망할 때는 엄하지만
자기 자신의 잘못에 대해서는 말없이 너그럽게 대한다.

의사의 말을 듣다

길 가던 사람이 트럭에 부딪혀 쓰러졌다. 주위 사람들이 그를 병원으로 데려갔다. 부상자를 힐끔 바라본 의사는 그 사람이 이미 죽었다고 말했다. 의사의 말을 들은 부상자가 몸을 뒤척이며 큰 소리로 말했다.

"내가 죽었다고? 나는 아직 살아 있는데!"

그 옆에 있던 아내가 타일렀다.

"소리 내지 말아요. 움직이지 말고 잘 누워 있어요. 의사의 말을 들어야 해요. 의사는 경험이 매우 풍부하니까요."

권위 앞에 사람들은 흔히 자기의 판단을 쉽게 포기한다.
눈앞에 철 같은 사실로 권위의 착오를 증명할지라도
그렇게 하는 데 습관이 되었다.

꼬마
축구 팬

8살짜리 꼬마는 관중석에 앉아 이제 축구경기가 시작되기를 신명이

나게 기다리고 있었다. 이때 한 아저씨가 허리를 굽혀 꼬마에게 물었다.

"꼬마 친구, 너 입장권은 어디서 얻었니?"

"아버지한테서 얻었습니다."

"너의 아버지는 어디 계시니?"

"아직도 집에서 자기의 입장권을 찾고 있을 거예요."

철학담소

이기적으로 이익을 획득하여 자기의 욕망을 만족시켜서
이로 마음이 편하고 상쾌할 수는 있다.
그러나 당신에 의하여 상처를 입은 사람, 그리고 당신에 의하여 망쳐진 일,
이 모든 것은 당신의 이기적인 그림자 속에 매몰되어 있다.
즉, 인성의 가장 암흑한 심연 속에 매몰되어 있는 것이다.

조삼모사와
뭐가 다른가

5층 건물 엘리베이터가 고장 났다. 꼭대기에 위치한 레스토랑에 손님들이 걸어서는 도저히 올라오지 않아 주인은 꾀를 내어 1층 입구에 "지금 계단으로 올라오시면 음식 값에서 500원을 깎아 줍니다." 라는 글을 써 붙였다. 그러나 그래도 올라오는 손님이 없었다. 그래서 주인은 다시 "지금 계단으로 올라오시면 바로 500원을 드립니다." 라고 바꾸어 붙였다. 그때서야 손님들이 많이 올라왔다.

조삼모사는
나중에 주는 것보다 먼저 많이 줬다가 나중에 빼앗는 것이 더 낫다는 것인데
사람은 이해하기 쉽고 눈앞에 명확하게 보이는 이익을 선호하기 때문에
바로 현금이 아니면 실물을 주는 것이다.

운이 나쁜
남편

한 여자가 자기 친구에게 이렇게 말했다.

"우리 남편은 군관이어서 여러 차례나 참전했는데, 그는 운수가 나빠 매번 전투마다 한쪽 팔을 잃지 않으면 한쪽 다리를 잃곤 하거든."

친구는 너무나 흥취가 있어 그에게 물었다.

"너의 남편은 몇 번이나 전투에 나가 싸웠니?"

"여덟 차례."

일종의 허영심이 마땅히 자기가 알고 있어야 하는 상식을 덮어 감출 때
우리는 극구 칭찬을 듣게 되는데
이는 곧바로 우리의 수치로 변해 버린다.

발명

이태리인이 유대인에게 말했다.

이태리인 : 우리는 고로나 땅 밑에서 전기의 코드를 발견했는데, 이는 우리 조상들이 이미 오래전부터 전화 통신을 발명했음을 말해주는 것이다.

유대인 : 그럼, 당신은 예루살렘에서 무엇을 발견했는지를 아오?

이태리인 : 무엇이라고?

유대인 : 아무것도 발견하지 못했지?

이태리인 : 그래.

유대인 : 그것은 바로 우리 조상들은 이미 무선전을 발명했다는 증거가 되는 거다!

철 학 담 소

패배를 승리로 바꾸는 것은
때로는 근원적으로 다른 유형의 사유인 것이다.

연필과
볼펜

캐나다 우주 비행 부분에서 처음으로 우주비행사를 우주에 보냈는데 우주비행사는 무중력 상태에서 볼펜으로는 도저히 글을 쓸 수가 없었다. 그리하여 캐나다에서는 10년 동안 120억 달러를 소비해서야 과학자들은 끝내 볼펜을 발명했는데, 이 볼펜은 무중력 상태에서 뿐만 아니라 물속에서도, 섭씨 영하 300도에서도 사용이 가능했다. 그러나 러시아 우주 비행에서 비행사들은 줄곧 연필로 글을 썼다.

일을 할 때는 머리가 영활하게 돌아가야지
한 개의 장대로 밑까지 쑤셔서 위험한 지경에 이르게 해서는 안 된다.
때론 사람들은 간단하고도 민첩하며 편리한 방법으로 문제를 해결한다.
그런데 무엇 때문에
그렇게까지 복잡하게 생각하고 어렵게 해결하려고 하는지 모르겠다.

매매

한 손님이 우산을 사러 상점에 갔다.

"미안합니다. 우산이 없습니다."

점원의 말을 듣고 손님은 실망하여 상점을 떠났다. 상점 주인이 점원에게 말했다.

"손님들에게 절대로 없다는 말을 해서는 안 됩니다. 점원은 반드시 기타 다른 상품을 추천해 줘야 합니다. 이를테면, '지금 우산은 없는데, 비옷은 있습니다.'라고 말입니다."

잠시 후 또 손님 한 분이 왔다.

"여기 화장지가 있습니까?"

"미안합니다. 화장지는 없고, 사포가 있습니다."

철 학 담 소

사유가 교착상태에 빠지면 물론 슬픈 일이지만
한 가지 일로부터 다른 것을 미루어 아는 것은
사람들로 하여금 가소롭게 여기게 한다.

부(富)

부는 창업과 함께 자란다. 그러나 창업을 했다 해서 다 부자가 되는 것은 아니다. 어떤 사람이 돈을 벌지 못하는 것은 사람에 돈이 없어서가 아니고 또한 부자들이 돈을 독차지하고 있기 때문도 아니다. 그것은 그들이 돈을 발견할 수 있는 안목이 없기 때문이다. 독특한 부의 안목만 있으면 아무리 어려운 데서라도 부를 이룰 수 있다.

철 학 담 소

사람들은 개도 안 먹는 돈을 먹고 돈에 눈이 어두워지고,
개도 안 먹는 만두(중국 천진의 유명한 만두)를 먹고
사람들은 배 아파한다.

암거래

한 늙은이가 늘 오토바이를 타고 캐나다에서 미국으로 들어가곤 했다. 국경을 지키는 경찰이 너무도 이상해 하루는 늙은이를 붙잡고 물었다.

경찰 : 당신이 등에 진 가방 안에 무엇이 있는가?

늙은이 : 모래입니다.

경찰은 믿어지지 않아 검사하니 틀림없이 모래였다. 하루는 경찰이 너무도 의심스러워 늙은이를 또 붙들고 말했다.

경찰 : 솔직하게 말해주시오, 만약 당신이 암거래를 한다고 해도 당신을 붙잡지 않겠소. 도대체 무엇을 암거래합니까?

늙은이 : 오토바이입니다.

적지 않은 밀수꾼들은 "구슬상자를 사고, 주옥을 돌려주다"는 식으로
사람들의 습성을 이용하여 주의력을 전이시켜 안전을 도모한다.
지금도 적지 않은 밀수꾼들은
마약이나 전자 제품 같은 것을 암거래할 때
사람들의 습성을 이용하고 있다.

가당치도 않다

　남의 말을 따라 하기를 좋아하는 사람이 있었다. 하루는 길을 가다가 다른 사람이 "가당치도 않다."는 말을 했을 때 그 말이 재미있는 것 같아 그는 길을 가면서 그냥 "가당치도 않다. 가당치도 않다." 이렇게 반복적으로 말했다. 그가 강가에 이르러 배를 탈 때 사람들이 떠드는 통에 그는 그만 그 말을 잊어 먹었다. 그리하여 그는 배 안을 샅샅이 찾아보았으나 없었다. 그리하여 선원이 그에게 물었다.

　"무슨 물건을 찾으세요?"

　"말 한마디를 잃었어요."

　"말을 잃어버렸다니. 정말 가당치도 않소!"

　"아, 찾았다. 왜 진작 말하지 않았어요. 가당치도 않다. 가당치도 않다. 가당치도 않다……."

어떠한 지식을 배우려면
깊이 있게 이해를 해야만 영활하게 운용할 수가 있다.
깊이 파고들지 않고
무턱대고 기계적으로 외우면 십중팔구 웃음거리가 된다.

사포와
사포닌

사포는 쇠붙이를 닦거나 철판 녹을 닦아내는 데 쓰고, 사포닌은 혈관 녹을 씻어낸다.

인삼 성분인 사포닌은 혈액 속 콜레스테롤을 녹여서
노화된 혈관을 청소하는 역할을 함으로 동맥경화를 치료하고,
혈압을 낮추어 혈액순환과 정력에 좋다
(사포닌이란 말은 그리스어로 비누라는 뜻을 지닌 사포나에서 유래되었다).
연구결과 일본 인삼은 19가지, 서양 인삼은 28가지, 중국 인삼은 30가지,
한국 고려인삼은 60가지의 각종 성분이 함유되어 있다고 한다.

부자의 유서

소문난 부자가 불치병에 걸려 곧 죽게 되었다. 그런데 외동아들은 먼 곳에 가 있어 다만 욕심쟁이 하인이지만 그에게 유서를 남길 수밖에 없었다.

"나의 아들은 전체 재산 가운데서 다만 한 개만 선택하고 그 나머지는 나의 하인에게 준다."

부자가 죽자 하인은 유서를 들고 부자 아들을 찾아갔다. 부자 아들은 아버지의 유서를 받고 한참을 생각하다가 하인에게 이렇게 말했다.

"다만 한 가지를 선택하라 했으니 나는 바로 당신을 선택한다."

총명한 아들은 아버지의 모든 재산을 곧바로 소유하게 되었다.

월 학 담 소

"사람을 쏘려면 먼저 말을 쏘라."는 말처럼
승리를 취득할 수 있는 관건적인 적을 파악하고 즉시 요충지를 치는 것이다.
그리고 어떠한 일에 종사하기 전에 우선 일의 경위를 생각해 본다면
더욱더 일이 수월하게 된다.

'申' 이것이
무슨 글자이지?

글자를 잘 모르는 두 친구가 거리의 간판에서 '신(申)'자를 보고 한 친구가 말했다.

친구A : 아, 저 글자가 '유(由)'자이지?

친구B : 아마 저 글자가 '갑(甲)'자일 거야.

길 가던 사람이 하는 말이 참 기특도 했다.

행인 : 당신은 점 하나가 더 많고 저쪽 사람은 밑에 발이 하나 더 있다 하니 아마도 이 글자는 '전(田)'자 일 것이다.

때로는 모순과 충돌되었을 때
어떤 한 사람은 공정한 면목으로 나타나 모순이 되는 쌍방의 관점과 이익을
종합하여 쌍방이 다 접수가 가능한 결론을 내린다.
이렇게 하면 가능하게 모순이 잠시나마 해결이 되었다고는 하지만,
때로는 모순이 더욱더 예리하게 될 수 있다.

거지가
풀을 뜯어먹다

굶주린 거지가 의자에 앉아 있는 귀부인의 동정을 얻고자 무릎을 꿇고 엎드려 풀을 뜯어 먹는 시늉을 했다.

귀부인 : 어머, 불쌍해라. 당신은 거기서 무엇을 하고 있어요?

거지 : 부인, 배가 고파서 풀을 뜯어먹고 있습니다.

귀부인 : 어머, 불쌍해라!

부인의 두 눈에는 동정이 충만해 있었다.

귀부인 : 우리 집 정원에 올 수 있어요? 우리 집 정원의 풀은 푸르고 싱싱한데다 윤기가 흐른답니다.

철 학 담 소

가난이 무서운 것이 아니라
진정 무서운 것은 가난 속에서 자존과 투지를 잃는 것이다.
우리가 알아두어야 할 것은
모든 사람들이 남의 존엄을 마음속에 담아 두고 있는 것은 아니라는 점이다.

경제
위기

엄동설한에 아들이 어머니에게 물었다.

"날씨가 이렇게 추운데 우리는 무엇 때문에 불을 때지 않습니까?"

"아버지가 실업을 했다. 무슨 돈이 있어 불을 때겠느냐?"

"아버지는 무엇 때문에 실업을 하셨습니까?"

"석탄이 너무 많아서 아버지는 실업했다."

이것은 경제 위기의 전형적인 이야기인데
여기에는 말할 수 없는 처량한 맛이 배어 있다.
가능하게 재부의 법칙은 때론 이렇게 잔혹에 가까우리만치 모순되는가 하면,
또한 매개인은 어떤 방법으로도 숙명을 돌파할 수도 없다.

부잣집
마누라

어느 날, 만찬 때 부잣집 마누라는 옆에 앉아 있는 부인에게 이렇게 자랑했다.

"나는 늘 술과 우유로 보석을 씻는 답니다. 포도주로는 붉은 보석을 씻고, 브랜디로는 녹색 보석을 씻고, 우유로는 남색 보석을 씻는답니다. 부인은요?"

옆에 앉아 있던 부인은 콧대를 한층 높이 들고 말했다.

"오! 나는 보석을 근본적으로 씻지 않아요. 일단 먼지가 조금이라도 묻으면 나는 그것을 그냥 버려요!"

사실 금전은 아름다운 생활을 창조하는 도구이다.

그러나 금전이 인생의 전부는 아니며,

이것으로써 인생을 빛내는 자본으로 삼아서는 더욱 안 된다.

인생은 자기의 삶에서 금전으로 인해

건강과 아름다운 인격을 상실해서는 안 된다.

혈통

캐나다에서 국회의원을 선출할 때 A씨는 어렸을 때 중국인 어머니의 젖을 먹고 자랐기에 그의 몸에는 중국인 혈통이 있다고 비난과 공격을 받았다. 그래서 옆에 앉아 있던 친구가 말했다.

"당신들은 모두 우유를 먹고 자라나지 않았소, 지금도 먹고 있고……
그럼 당신들은 반드시 소의 혈통일 것입니다."

물질적인 것이 어떻게 정신적인 속성이 될 수 있겠는가?
중국의 문호 루쉰은 "소가 풀을 먹고 짜낸 것은 젖이다."고 말했다.
사람은 소와 비교가 전혀 안 된다.
사람은 양식을 먹고 생산하는 것은 비교할 바 없는 높은 정신이다.

소비
관념

중국 노부인과 미국 노부인이 죽은 다음 천국에서 서로 만났다.

중국 노부인 : 나는 죽기 전 전날에 겨우 집 살 돈을 다 마련했다오.

미국 노부인 : 나는 죽는 그날에야 끝내 집살 때 은행에서 빌린 대금을 다 갚았다오.

흔히 우리는 자기의 돈만이 쓰고 모은 돈이 다 갖춰져야 물건을 사게 된다.
그렇기 때문에
물건 값이 아무리 싸도 수요 되는 물건을 사지 못하는 때가 있어
다만 자기의 힘이 미치지 못해 탄식만 하게 된다.
우리가 해결해야 할 문제는
돈이 없어 쓰지 못하는 것이 아니라 돈을 쓰는 예술이 부족한 그것이다.

묻다

묻기를 잘하는 아들은 아버지에게 또 한 문제를 물었다. 그러나 아버지는 어떻게 대답해 줄지를 몰랐다.

아버지 : 그만 됐다. 오늘 너는 근 백 개의 문제를 물었다. 나는 어렸을 때 아버지에게 물은 것은 다 합쳐야 네가 오늘 물은 문제의 절반도 안 될 거다.

아들 : 알만해요. 아버지께서 어렸을 때 더 많이 물었더라면 오늘 내가 물은 문제쯤은 다 대답했을 텐데.

어른들이 아이들의 질문에 대답을 다 해주지 못하는 것은
아이들의 물음을 거절하는 이유가 될 수 없다.
아이들은 호기심에서 묻기 때문에 그들을 고무하고 격려해주는 것은
거절하는 것보다 아이들의 성장 발전에 더욱 유리하다.
그리고 어른들은 마땅히 아이들이 자기 자체로 해답을 찾을 수 있도록
응원해줘야 한다.

새끼양의
털

어린이가 한번은 목장에 갔었다. 그는 새끼양을 발견하고 용기를 내
어 새끼양을 붙잡고 몸을 만져 봤다. 아이는 감동해서는 이렇게 말했다.
"새끼양의 털은 담요로 만들었구나!"

어린이 교육은 자연과학과 인문교육이 가장 중요하다.
이것은 어린이가 전면적으로 발전할 수 있는 보증이 되는 동시에
또한 그들이 장래의 환경에 생존하는 적응능력을 배양하는 것이 된다.

일등

졸업식에서 교장선생님은 졸업학년에서 일등을 차지한 학생에게 상장을 수여하기 위해 이름을 불렀다. 그런데 몇 번을 거듭 큰 소리로 불러서야 그 학생이 강단으로 올라왔다. 식이 지난 다음 선생님이 그 학생에게 물었다.

선생님 : 어디 아파서 그랬니? 아니면 잘 듣지 못해서 그랬니?

학생 : 아니에요. 나는 많은 학생들이 알아듣지 못했으면 어쩌나 하는 근심 때문이었어요.

명리는 얼마큼 사람들의 마음속에 새겨져 있는가에 있다.
우리는 교육을 하여 분발하고 성공하는 사람은
언제나 적은 숫자에 지나지 않는다.
만약 그 많은 사람이 너와 나와 모두 같다고 생각할 때
흥분되고 신기한 일이 아닐 수 없다.

나는
너보다 작다

아버지 : 아들, 왜 널 체벌하는지 아느냐?

아들 : 무엇 때문인지 모릅니다.

아버지 : 오늘 네가 너보다 작은 아이를 때렸기 때문이다.

아들 : 그럼, 아버지 오늘부터 절 때지리 마세요.

아버지 : 왜?

아들 : 난 아버지보다 많이 작기 때문이에요.

말보다 행동으로 가르쳐야 한다.
성장 시기 어린이들은 더 많은 것을 눈으로는 보지만 귀로는 잘 듣지 않는다.
그러므로 어린이에게 도리를 열 번 말하기보다
부모가 한 번 몸소 행하는 것이 그 영향력이 더 크다.

철새

　한차례 군사훈련을 할 때 한 소대는 지정된 지점에서 직선 비행기를 기다려야 했다. 그러나 몇 시간이 지나도 직선 비행기는 보이지 않아 소대장이 주위의 한 밭에서 채소를 가꾸고 있는 늙은이를 발견하고 그에게 가서 물었다.

　소대장 : 어르신, 여기로 한 마리 철새가 날아오는 것을 보았습니까?

　늙은이 : 철새는 보지 못했는데 날아가는 직선 비행기는 보았습니다.

이 넓은 세상에 누가 누구보다 얼마나 총명할까?
그러나 어떤 사람은 자기는 남보다 훨씬 총명하고 훨씬 높다고 여긴다.
그런데 유감스러운 것은
총명이 역행하게 되면 총명에 의해 어리석어진다는 도리를 모르고 있다.

암말의
초유

　　말 젖의 단백질 성분은 우유보다는 사람 젖에 더 가깝다. 그래서 소화가 잘 된다. 특히 임신한 암말이면 처음 분비하는 노랗고 진한 빛을 띤 초유(初乳)에 온갖 필수 영양분이 다 들어있다. 초유는 출산 직전에 나오기 시작해 며칠간만 분비되는데 출산 후 12시간 내에 받아 마시면 면역능력도 높아진다. 온갖 병균으로부터 보호해주는 항체가 들어 있기 때문이다.

　　몽골 병사들이 유라시아 대륙 수천 킬로미터를 끄떡없이 돌아다닐 수 있었던 것은 말 새끼가 빨아먹어야 할 초유를 빼앗아 먹어서인지도 모른다.

시력은
문제없다

한 부인이 다급히 병원을 찾았다.

"의사 선생님, 빨리 좀 봐주세요. 아침에 일어나 거울을 보니 무서워 죽을 뻔했습니다. 머리카락은 하나하나 모두 치솟아 있었고, 얼굴은 온통 주름살이었고, 얼굴은 창백한데 두 눈은 충혈이 되어 있어, 마치 죽은 사람 같았습니다. 의사 선생님, 어떻게 된 겁니까?"

의사는 자세히 검사하고 나서 말했다.

"당신의 시력은 완전히 문제가 없습니다."

유머의 언어는 참혹한 현실을 말해준다.
상대방의 타격을 두려워하고 또한 상대방에게 진상을 알려주려 할 때
가능한 익살스러운 유머의 방식을 사용한다면
적어도 일부 고통은 감소시킬 수 있다.

남자의
기개

한 트럭기사가 음식점에 들어와서 먹을 것을 청했다. 바로 이때, 문 밖에는 가죽 재킷을 입은 세 청년이 오토바이에서 내려 곧바로 음식점으로 들어왔다. 들어오자마자 한 청년은 트럭기사의 햄버거를 빼앗아 갔고, 다른 한 청년은 커피를 들고 마시며, 또 다른 한 청년은 그의 떡을 먹기 시작했다. 그러나 트럭기사는 말 한마디도 하지 않고 계산하고 나갔다. 세 청년은 계산대 아가씨에게 말했다.

"저 남자 좋은 남자 같지 않아!"

"저길 보세요, 그는 3개의 오토바이를 깔아뭉갰습니다."

진정한 반격은 제자리에 머물러서 도리에 입각하여 끝까지 논쟁하지 않는다.
다만 자기가 나아가는 도중에 추호의 장애가 되지 않는 기초에서
적수를 뒤로 멀리멀리 포기하는 것이다.

학문과
금전

두 부자가 5성급 호텔 문밖에 세워둔 아주 호화로운 수입 승용차를 보았다.

아들 : 아버지, 저런 차를 타고 다니는 사람의 머리에는 꼭 학문이 없는 줄 압니다.

아버지 : 이런 말을 하는 사람의 주머니에는 꼭 돈이 없을 것이다.

어떤 사물이나 일을 눈으로 보고 입으로 말하는 사람은
때로는 마음속에 생각하는 것이 상반되는 태도의 표현이 된다.

바다에 나간 지가 오래다

한 사람이 시장에 가서 물고기를 사려고 했다. 난전에서 손 가는 대로 고기 한 마리를 들고 코에 대고 냄새를 맡아 보았다. 어물점 주인은 자기 고기가 신선하지 않음을 알게 될까봐 성을 내서 말했다.

주인 : 손님, 안 사도 괜찮은데 냄새는 왜 맡는 거요?

손님 : 냄새를 맡는 것이 아니라 나는 고기하고 대화를 좀 했습니다.

주인 : 고기하고 무슨 대화를 했습니까?

손님 : 고기에게 요새 바다에 어떤 새로운 소식이 있는가 물었습니다.

주인 : 고기가 어떻게 대답합니까?

손님 : 고기가 말하기를 바다에 안 나간 지가 오래되어서 바다의 새 소식을 모른다고 하더군요.

철 학 담 소

일부 민감한 비즈니스에서 조금도 꺼리지 않고 솔직히 말하면
다만 바라던 일과 어긋날 수 있기에
적당히 외교사정을 채용하게 되면
자기가 기대하던 것을 완곡하게나마 표현할 수 있어
교착된 국면에서 벗어날 수가 있다.

병문안

친구가 병중인 친구를 찾아 병원에 갔다.

"밖에 바람이 얼마나 세게 부는지 나는 한 걸음 가면 두 걸음은 뒤로 물러나야 하고, 기어가다시피 하여 간신히 여기까지 왔다네."

"한 걸음 가면 두 걸음 뒤로 물러나는데 어떻게 여기까지 올 수 있어?"

"아, 나는 집으로 가는 길에 일면 가면 일면 물러나는 것으로 여기까지 오게 된 거야."

거짓말하기는 그리 쉽지 않은데
문제는 이리저리 둘러대다가 성공하지 못하면
남들의 신임과 존중을 잃게 되고
더 나아가서는 자기 자신을 훼멸시키게 된다는 것이다.
그러므로 언어 교제 활동에서 이리저리 둘러댄다면
자신도 모르게 쉽게 속셈이 드러나기 십상이다.

간단한
문제

두 부자가 사냥을 나갔다. 아들은 아버지가 사냥물을 겨냥할 때마다 한쪽 눈을 감고 방아쇠를 당기는 것을 목격하고는 이렇게 말했다.

"아버지, 아버지는 총으로 조준할 때마다 왜 한쪽 눈을 감아요?"

"어리석은 놈아, 넌 언제나 이렇게 간단한 문제만 묻는 거니? 만약 두 눈을 감는다면 앞을 볼 수 있느냐?"

철 학 담 소

인간 세상의 일이란
어떤 때는 눈을 감아야만 심혈을 기울여 체험을 하게 되고,
때로는 한쪽 눈은 감고 한쪽 눈은 떼어야
주의력이 한곳에 집중될 수 있으며
또한 두 눈을 크게 떠야만
한눈으로 볼 수 없는 것을 환하게 볼 수 있다.

주인과
하인

어떤 사람은 외출할 때마다 하인을 데리고 나갔다. 그러나 매번 술집에 들러 술을 마실 때마다 자기 혼자만 마시고 하인은 주지 않았다. 한번은 술집에서 술을 마시는데 하인은 입술에다 까만 먹물을 바르고 주인 옆에 서 있었다. 주인은 하인에게 말했다.

"오늘 노비의 입술이 참 보기가 좋군."

"다만 주인님 입만 생각하고 내 입은 상관 말아요."

공명과 이욕이 강한 사회에서는
대화에서도 신분이 수요 되고 평등한 신분은 없기 때문에
어떠한 방법으로 상대방을 교묘하게 깨닫게 한다 할지라도
남들은 중시하지 않고 이해하려 하지 않는다.

피아노의
치아

딸 : 어머니, 누구의 잇몸이 검은 색이고 누구의 치아가 흰색인지 압
니까?

어머니 : 난 모른다. 너는 알고 있니?

딸 : 피아노요.

철 학 담 소

생활에서 많은 일들은
다만 상식적인 도리로만 추측이 불가능한 것이 적지 않다.
때로는 한번 사유를 발산하면
상상의 공간을 발휘할 수 있게 되고
이로써 인간은 생각과 판단이 다르게 된다.

굽이돌이

시골에 사는 두 부자는 늘 달구지를 끌고 장에 가서 나무를 팔았다.
워낙 시골길이라 좁고 굽이돌이가 많았다. 아들은 굽이돌이를 돌 때마
다 달구지에 탄 아버지가 근심되어 "아버지 굽이돌입니다!" 하고 소리
를 지르곤 했다. 하루는 아들 혼자서 달구지를 몰고 장에 가게 되었다.
산길 굽이돌이에 이르자 소는 멈춰서 아무리 몰아도 소는 꿈쩍도 하지
않았다. 아들은 생각 끝에 소귀에 대고 "아버지, 굽이돌입니다!" 하고 말
했더니 소는 달구지를 끌고 가기 시작했다.

철 학 담 소

소는 조건반사의 방식으로 살지만 사람은 달리 습관으로 생활한다.
성공한 인생을 보면 좋은 습관을 양성하여 나쁜 습관을 없애
좋은 습관이 누적되는데서 자연적으로 훌륭한 인생이 된다.
기억해 둘 것은 사람과 사람 간의 차이는 그리 크지 않다는 것이다.
우수하다는 것은 하나의 습관에 불과하다.

급히 신을
바꿔 신다

두 사람이 숲속을 걷는데 갑자기 호랑이가 나타났다. A는 재빨리 배낭에서 가벼운 운동화를 꺼내 신었다. B는 급하다 못해 욕을 했다.

"넌 뭐하니, 아무리 가벼운 신으로 바꿔 신는다 한들 호랑이를 앞서지는 못할 거야."

A는 말했다.

"어찌됐든 나는 너보다 빨리 뛸 수 있잖아!"

철 학 담 소

"우환에서 살아나고 안락에서 죽는다."는 말이 있듯이
경쟁이 치열한 오늘날에 위기감이 없는 것은 최대의 위기이므로
편안한 처지에서도 위험할 때의 일을 미리 생각하고 경계하는 것이
근심 없이 생활할 수 있는 근본이 된다.
시장경쟁에서 빠른 손이 늦은 손을 치고
빠른 고기가 늦은 고기를 먹는 세월에 발길을 멈춰 설 수 있겠는가!

양과
제비

제비가 둥지를 틀려고 양털을 얻고자 양한테로 날아갔다. 그런데 양은 마구 날뛰면서 제비를 쫓았다. 그러자 제비가 양에게 물었다.

"너는 왜 날 이렇게 인색하게 대하는 거니? 주인이 너의 털을 몽땅 깎을 때는 가만히 놔두다가도 나에겐 한 줌도 못되는 털도 주기 싫다는 거야? 어째서?"

"넌 주인과 달라. 주인은 훌륭한 방법으로 나의 털을 깎지만 넌 훌륭한 방법을 전혀 모르고 있기 때문이야."

똑같은 일이라도 처리하는 방법이 다름에 따라
부동한 결과를 가져오게 된다.

여우가
꿩을 잡다

　여우가 꿩을 잡으려고 두 눈에 쌍불을 켜고 날뛰었다. 그리하여 꿩들은 놀라서 멀리 날아가 버렸다. 그 후 여우는 수단을 바꾸어 꿩을 보면 살그머니 숲속에 숨어서 꿩이 다가오기를 조용히 기다렸다. 그리하여 꿩들은 별일 없는 줄로 여기고 한창 시름 놓고 놀 때에 여우는 불쑥 뛰어나와 꿩을 물어 죽이곤 했다.

나쁜 짓을 일삼는 자들은 늘 방식을 바꾸므로 경계심을 높여야 한다.

속담에

"다가드는 창은 피하기 쉬워도 몰래 쏘는 화살은 막기 어렵다."고 했다.

생과 사

　한 젊은이가 방금 자기와 이야기 나눈 사람이 망나니인 줄 알게 되자 분개해서 말했다.

　"너는 온 종일 사람을 못 살게 하고도 양심에 가책을 느끼지 못하느냐?"

　"그럼, 난 어떻게 하라고? 나도 살아야 하지 않을까?"

철 학 담 소

어떤 사람은 가기도 하고 어떤 사람은 오기도 한다.
일부 사람들이 잃어버린 기회는
흔히 다른 사람들의 희망으로 제공이 되기도 하는데
이것 역시 하나의 평행법칙이라 하겠다.

손가락 여섯 개인 천사

    교회의 벽화를 그리는 화가가 꼬마 천사의 손가락을 여섯 개로 그렸다. 이것을 본 목사는 분개하여 화가를 질책했다.

    "당신은 손가락 여섯 개가 달린 천사를 보았소?"

    "보지 못했습니다. 그럼 목사님은 손가락 다섯 개가 달린 천사는 봤습니까?"

철 학 담 소

문제가 발생하면 서로 질책만 해서는 아무런 의미가 없다.
비록 그것이 쉬운 것이라 할지라도
스스로 물러나서 자기가 책임진 영지로 가서
허리를 굽혀 반성하고 묵묵히 일을 한다면
서로간의 양호한 합작을 이룰 수 있다.

아침과
식욕

한 부자가 새벽에 일어나 산책을 했다. 그의 앞으로 한 거지가 걸어 오고 있었다. 거지는 부자를 보자 먼저 아는 척을 했다.

거지 : 안녕하세요. 왜 이렇게 일찍 나오셨어요?

부자 : 나는 아침 식욕을 돋울 수 있을까 해서 아침마다 나와 걷는답니다. 그런데 당신은 뭘 하려고 이렇게 일찍 나왔소?

거지 : 내가 걸어 다니는 것은 식욕에 아침을 채울 만한 것이 있을까 해서요.

가난한 사람과 부자의 구별이라면
가난한 자는 영원히 기아로 몸을 움직이고
부자는 영원히 흥취로 몸을 움직인다.

심리
작전

    시장에 한 여자용품 상가 문 앞에는 각양각색의 상품들이 한 무더기로 쌓여 있었다. 여자 손님들은 무더기를 둘러싸고 마침 보배를 찾듯이 이리저리 뒤지면서 마음에 드는 상품을 고르고 있었다. 어떤 여자가 주인에게 물었다.

    "왜 상품들을 정연하게 정돈을 하지 않고 있습니까?"

    "내가 미친 줄 아오? 만약 저 상품들을 진열대에 정열하게 정돈해 놓으면 저 여자들이 이 상품에 대해 흥취를 가지지 않을 겁니다."

사람들은 미지의 영역에 대한 관심도가
이미 알고 있는 영역보다 훨씬 높기 때문에
사람들이 주동적으로 탐구하는 환경은
이미 사람들이 향수에 편리하게 제공한 것보다
훨씬 많은 상업적 기회를 획득할 수 있다.

돈벌이
꾀

두 친구가 우연히 만났다.

A친구 : 지금 넌 이렇게 부자가 되었는데 어디서 돈을 얻었니?

B친구 : 매우 간단했어. 나는 돈 있는 사람과 파트너가 된 거야. 그는 돈이 있고 나는 돈 버는 경험이 있고.

A친구 : 그래? 그 후는?

B친구 : 그 후 자연스럽게 나는 돈이 있게 되었고, 그는 돈 버는 경험이 있게 되었어.

지혜는
무형의 재산으로 무형의 좋은 점들을 유형의 이윤으로 되게 하는 것이다.
다만 금전과 능력만이 성공할 수 있는 도구이므로
서로 이들을 보고 유무상통하는 합작정신이 있어야 두 날개가 날 수 있고,
또한 자기에게 재부를 증가시켜 주고
더 넓은 공간을 개척할 수 있다.

아가씨와
거지

한 별장에 예쁜 아가씨가 살고 있었다. 하루는 누더기 옷을 입은 백발이 성성한 늙은 거지가 찾아왔기에 아가씨는 측은한 마음이 앞서 돈 1,000원을 주었다.

아가씨 : 당신은 구걸하는 거 외에 또 무슨 일을 합니까?

거지 : 화장합니다.

아가씨 : 거지가 무슨 화장을 합니까?

거지 : 나는 나를 더 쇠약한 늙은이로 화장해야 많은 사람들이 저를 동정하고 돈을 줍니다. 그런데 아가씨는 출근하여 무엇을 합니까?

아가씨 : 나는 극장에 출근하여 아름다운 젊은이로 화장합니다. 그래야 관중들이 나를 좋아하고 또한 돈을 많이 벌게 되지요.

거지 : 네, 이런 일을 하는 우리는 규율이 있습니다. 동업자에게서는 돈을 받지 않습니다.

철 학 담 소

규율이 없으면 일을 성사시킬 수 없다.

비록 구걸을 해도 규율을 준수하고 성실과 신용을 지키는 것은

사람이 되고 일을 성사시키는 근본이 된다.

이렇게 함으로써 발을 붙이고 장기적으로 발전을 가져올 수 있다.

너희들 눈에는
무엇이 보이느냐?

하루는 아버지가 세 아들을 데리고 들토끼 사냥을 하기 위해 초원으로 나갔다. 사냥을 하기 전 아버지는 세 아들에게 물었다.

아버지 : 너희들 눈에는 무엇이 보이느냐?

큰아들 : 제 눈에는 아버지, 둘째, 셋째, 그리고 초원이 보입니다.

아버지 : 틀렸다.

둘째 아들 : 제 눈에는 사냥총, 들토끼, 그리고 망망한 초원이 보였습니다.

아버지 : 틀렸다.

셋째 아들 : 제 눈에는 다만 초원에서 뛰어가는 들토끼가 보입니다.

아버지 : 맞게 대답했구나!

직업
습관

상위가 신입 병사를 검열할 때 소대장에게 물었다.

"무엇 때문에 키가 훤칠하고 잘생긴 남자들은 앞줄에 세우고 눈에 거슬리고 키 작은 사람은 전부 뒷줄에 세웠는가?"

"보고 상위, 제가 입대 전에 가게에서 과일을 팔았습니다."

철학담소

사람의 위치와 배역은 상대적이지만
또한 환경의 변화에 따라 개변될 수도 있다.
자신의 조건에 따라
적합한 위치를 찾으려면 마땅히 앞에 나와 서야 한다.

면접시험

경리는 비서에게 세 사람의 면접시험을 보게 했다.

비서 : 2 더하기 2는 얼마입니까?

A : 4입니다.

B : 22입니다.

C : 4도 가능하고 22도 가능합니다.

면접시험이 끝나고 그들이 나간 다음 비서가 말했다.

비서 : 말하는 것을 보아 A는 매우 단순하고, B는 좀 복잡하고, C는 매우 노련합니다. 경리는 누가 마음에 드나요?

경리 : 금발머리에 날씬한 사람이요.

이 회사에서는 사람의 용모도 하나의 자원으로 이용하고 있다.
그러므로 우리의 유일한 대책은 잘 분별하여
자기를 보호하는 데 조심해야 한다는 것이다.

신사란?

하루는 하인이 주인에게 물었다.

"주인님, 신사는 무슨 물건입니까?"

"신사는 일종의 생물인데 능히 먹기도 하고, 능히 마시기도 하고, 잠 잘 줄도 아는데 그러나 아무것도 하지 않는 생명이 있는 물건이다."

잠시 후, 하인이 주인 앞에서 이렇게 말했다.

"주인님, 나는 이제 신사가 무슨 물건인지 알았습니다. 사람은 사업 을 하고 말과 소도 일하는데 다만 돼지는 먹을 줄만 알고 일을 하지 않 는데 의심할 것 없이 돼지가 바로 신사입니다."

사회생활에서 일부 자칭 신사라 하는 사람은
겉보기에는 옷차림이 깔끔하고 허울 좋게 보이지만
사실은 기생충으로서 사회적으로는 아무런 가치가 없다고 말할 수 있다.
그러나 이상한 것은
사람들은 이런 표면상 빤질빤질한 그들에게 미혹된다는 것이다.

후생이
무섭다

어린 아들이 아버지에게 물었다.

아들 : 아버지, 아버지는 언제나 아들보다 아는 것이 많아야지요?

아버지 : 그렇지, 많이 알아야지.

아들 : 전등은 누가 발명했나요?

아버지 : 에디슨이 발명했지.

아들 : 그럼, 에디슨 아버지는 왜 전등을 발명하지 못했습니까?

사람이란 괴상하기도 하다.

나이를 내세워 뻣뻣하게 굴기를 좋아하는 사람은 특별히 쉽게 쓰러지기도 한다.

권위란 것은 흔히 고험을 견디지 못하는 빈껍데기에 지나기 않는다.

미처
생각 못했다

에디슨은 75세가 되어서도 여전히 실험실로 출근을 했다. 하루는 기자가 그에게 이렇게 물었다.

"에디슨 선생님, 당신께서는 언제 퇴직을 하시려 합니까?"

에디슨은 무척 난처해하면서 말했다.

"나는 오늘까지 살아오면서 이 문제에 대해 미처 생각해 본 적이 없습니다."

어떤 사람은 매일 여러 가지 일에 대한 문제를 생각하고
의식주에 대해서는 그리 생각하지 않는다.
개인적 문제와 물질적 문제에 대해서는 정력을 적게 기울일수록
순수한 사람이라 하겠다.
그것은 그들이 동물적인 것과의 거리가 점점 멀어지고 있기 때문이다.

배움의
동력

　기하학의 아버지라 불리는 그리스의 유클리드는 학생들을 차근차근
잘 가르치다가도 때로는 학생들이 학습에 대한 동요를 가지게 되면 매
서운 풍자로 그들을 편달했다. 하루는 기하정리를 강의하는데 한 학생
이 안절부절못하고 책상 아래에서 무엇을 만지작거리고 있었다. 그러
던 그 학생은 불현듯 일어서더니 "선생님, 기하를 배우면 어떤 실제적
인 것이 있습니까?" 하고 물었다. 유클리드는 잠시 침묵을 지키다가 옆
에 있는 심부름꾼에게 "돈을 좀 가져다가 저 학생에게 주시오. 보건대
저 학생은 돈이 없으면 공부를 하지 않을 것 같습니다." 라고 말했다.

참된 학습과 연찬은 실속이 없는 것이다.
어떤 이욕도 없는 심리상태에서만이 배움의 취미를 향수할 수 있고
배움의 취미를 향수하는 것만이 오랫동안 학습할 수 있는 동력이 된다.

일생을
독신 남으로

독일의 걸출한 자연학자 알렉산더 폰 훔볼트는 기하학의 창시자인 러시아의 노바체브스키를 방문했을 때 그에게 물었다.

"당신은 무엇 때문에 수학만 연구합니까? 듣기로 당신은 광물학에 대해서도 조예가 깊고 또 식물학에 대해서도 정통하고 있다고 들었습니다."

"그렇습니다. 식물학을 몹시 좋아하고 있습니다. 앞으로 제가 결혼한다음 꼭 온실 하나를 짓겠습니다."

"그럼 당신께서 속히 결혼해야 되겠습니다."

"그러나 저의 생각과는 상반됩니다. 식물학과 광물학에 대한 취미는나로 하여금 종신토록 독신 남으로 살게 한답니다."

남아의 의기는 여자의 사랑을 이겨내지 못한다는 말이 있다.
언제부터인지 애정과 혼인은 인류생활에 필수품이 되어
인류의 지력과 자원을 낭비하고 속박했는지도 모른다.
그러나 우리가 긍정할 것은 애정과 혼인으로
많은 사람들이 일생 동안을 즐길 수 있었던 여자의 취미를 잃어버린 것이다.

살그머니
관람 비용을 받다

에디슨은 피서를 즐기기 위한 별장이 있었는데 그는 이를 무척 자랑스럽게 느끼고 있었다. 그는 자기 별장을 참관하러 오는 사람과 함께 자신의 노력을 절감할 수 있는 실내의 각종 설비들을 소개했다. 그리고 다른 한 곳은 참관자들이 한 개 기둥을 빙 돌아서 가야 하는데 돌아가기가 그렇게도 불편했다. 한 참관자가 에디슨에게 물었다.

"주위에는 새로운 발명품들이 그렇게도 많은데 하필 이곳은 어찌하여 우둔한 기둥이 있습니까?"

"오, 보세요. 이 기둥을 돌아서 가는 사람은 모두 다 옥상의 물통에다 8갤런의 물을 뽑아 올립니다."

자기의 동기를 지나치게 표명하게 되면
얻으려는 것을 오히려 쉽게 잃어버리게 되므로
차라리 평상심을 유지하게 되면
웃음 속에서 자기가 얻으려는 목적에 도달하게 되는 것이다.

즐길 수 있을 때
마음껏 즐기세요

하루는 한 기자가 유명한 피아니스트를 찾아와 이야기를 나누었다. 이윽고 기자가 작별 인사를 하자 루빈스타인은 자신이 가장 좋아하는 담배 한 갑을 기자에게 선물로 주었다. 기자는 그 담배를 소중히 간직하겠다고 했다. 그러자 피아니스트는 이렇게 말했다.

"그러시지 말고 바로 피워 버리세요. 담배의 미묘함은 마치 인생과 같습니다. 인생은 보존할 수 없는 것입니다. 그러니 즐길 수 있을 때 마음껏 즐기세요. 사랑이 없는 생활과 즐길 줄 모르는 인생은 얼마나 삭막합니까?"

두 아들

트루먼이 미국 대통령으로 당선된 후, 한 기자가 그의 고향집을 찾아 트루먼의 어머니를 만났다.

"이러한 아들이 있어 어머님께서는 참 자랑스러우시겠습니다."라고 기자가 말했다.

"사실 그렇습니다." 하고 트루먼 어머니는 동감을 표시하면서 이렇게 말을 이었다.

"그러나 나에게는 또 다른 아들이 있는데 그 아들에 대해서도 자랑스러움을 가지고 있습니다."

"네, 그 아드님은 무엇을 하고 계십니까?"

"그는 지금 밭에서 감자를 캐고 있습니다."

참답게 일을 하고 즐겁게 생활을 한다면
성취의 높고 낮음을 불문하고
모두 다 자랑스러운 일생이 되는 것이다.

스스로 자기를
조소하다

프랭클린은 전류로 한 마리의 칠면조를 죽이는 실험을 하려고 했다.
그런데 전원에 연결하는 순간 뜻밖에도 전류가 자기의 몸을 통과하는
것이었다. 결국 전류에 감전되어 그만 쓰러지고 말았다. 혼수상태에서
깨어난 프랭클린은 이렇게 말했다.

"큰일 날 뻔 했네. 원래는 칠면조를 죽이려 했는데 하마터면 전기에
바보가 죽을 뻔 했네."

철학담소

낙관은 일종의 능력이다.
만약 어떠한 환경에서도 유쾌한 심정을 보존할 수만 있다면
성공이 더욱 가까워지고 있음을 확신할 수 있다.

발자크와
도둑

발자크는 일생 동안 수많은 작품을 창작했지만 그의 생활은 몹시 옹색했다. 어느 날 밤, 발자크가 자려고 하는데 한 도둑이 그의 방으로 들어와서는 책상을 더듬어 무엇을 찾고 있었다. 이때, 발자크는 깨어 있었지만 소리도 지르지 않고 조심조심 일어나서 불을 켜고 웃음을 머금은 채 조용히 말했다.

"사랑하는 사람, 뒤지지 마세요. 내가 낮에 책상을 아무리 뒤져도 돈을 찾을 수가 없었어요. 지금은 캄캄한 밤인데 더 찾으려고 하지 마세요."

철학담소

비록 생활이 곤궁할지라도
자기의 결백을 추구하는 것을 견지할 뿐만 아니라
또한 낙관과 심령의 안정을 보존하는 것은
바로 위인들이 범인을 초월한 점이라 하겠다.

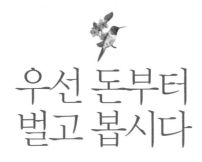

우선 돈부터
벌고 봅시다

영국 수상은 시간이 촉박하여 거리에 나가 택시를 불러 세웠다.

"의회로 갑시다."

운전기사는 뒤통수를 긁적이며 이렇게 대꾸했다.

"죄송합니다, 손님. 다른 차를 이용해 주십시오. 저는 그렇게 멀리 갈 수 없습니다."

"어째서 그렇소?"

"보통 때는 괜찮지만 오늘만은 좀 곤란합니다. 한 시간 후부터 시작되는 윈스터 처칠 수상의 방송을 들어야 하기 때문입니다."

운전기사의 말을 들은 처칠은 기분이 매우 좋아져서 아무 말도 하지 않고 1파운드 지폐를 꺼내어 운전기사에게 주었다. 운전기사는 언뜻 지폐를 보더니 순간 뭔가를 결심한 듯이 말했다.

"어서 타십시오, 처칠이고 뭐고 우선 돈부터 벌고 봐야 되겠습니다."

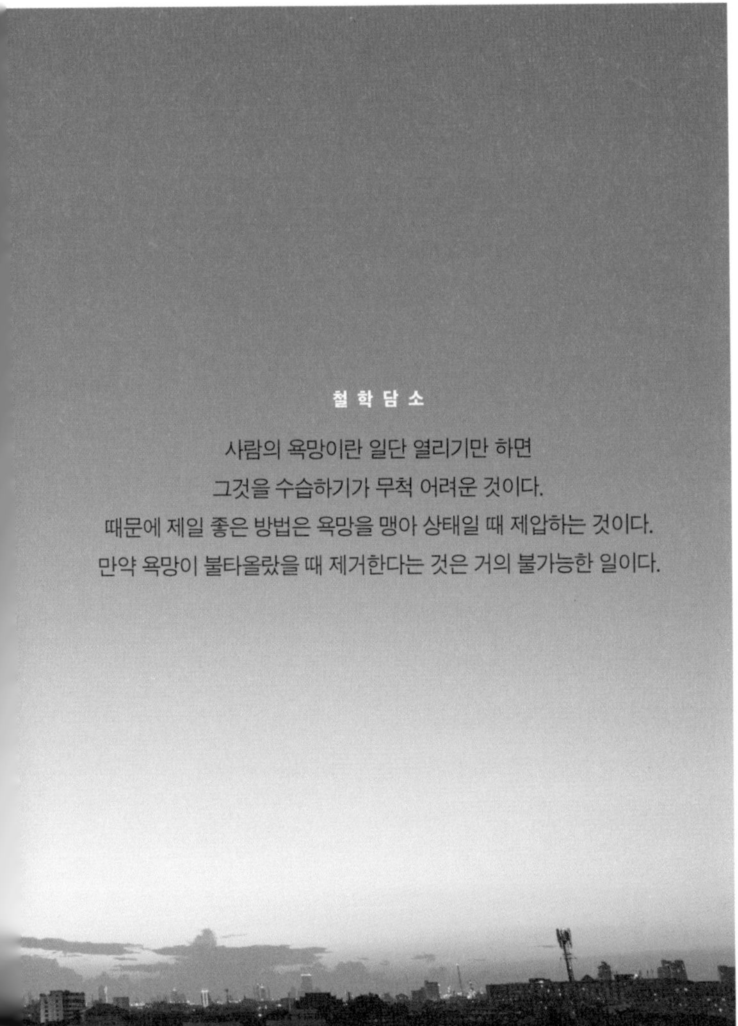

철 학 담 소

사람의 욕망이란 일단 열리기만 하면
그것을 수습하기가 무척 어려운 것이다.
때문에 제일 좋은 방법은 욕망을 맹아 상태일 때 제압하는 것이다.
만약 욕망이 불타올랐을 때 제거한다는 것은 거의 불가능한 일이다.

영원한
평화를

1961년 6월, 미국 대통령 케네디와 소련 수상 후르쇼프는 오스트리아의 수도 빈에서 만났다. 한 차례 오찬 회의에서 케네디는 후르쇼프 앞가슴에 두 개의 훈장을 달고 있는 것을 발견하고는 후르쇼프에게 그것은 어떤 훈장이냐고 물었다.

"그것은 레닌 평화훈장입니다."

"영원히 달고 있기를 바랍니다."라고 케네디는 말했다.

나무는 고요하게 서 있고 싶어 하나 바람은 그치지 않는다고
사람들이 바라는 것과 기도하는 것이 얼마나 취약하고 무력한지 모른다.
용감하게 맞서고 적극적으로 대응하는 것이 인생의 자세인 것이다.

다시는 볼 수 없습니다

청년시절 레이건은 한때 민병에 가입했었다. 지휘관은 키가 겨우 4 피트 남짓 했지만 레이건은 키가 무척 커서 지휘관을 크게 초과했다. 레이건은 키가 크기 때문에 항상 머리를 숙이고 등을 약간 굽히고 다니는 게 습관이 되었다. 지휘관은 그렇게 다니는 레이건이 못마땅하여 하루는 그를 불러 말했다.

지휘관 : 머리를 높이 쳐들고 허리를 쭉 펴고 다녀, 알았는가?

레이건 : 알았습니다.

지휘관 : 좀 더 높이 쳐들어.

레이건 : 내내 이렇게 하고 다니란 말입니까?

지휘관 : 그렇지, 그걸 물으면 잔소리지.

레이건 : 지휘관님, 죄송합니다. 그러면 당신과 헤어져야 합니다. 그
것은 당신을 영원히 볼 수 없기 때문입니다.

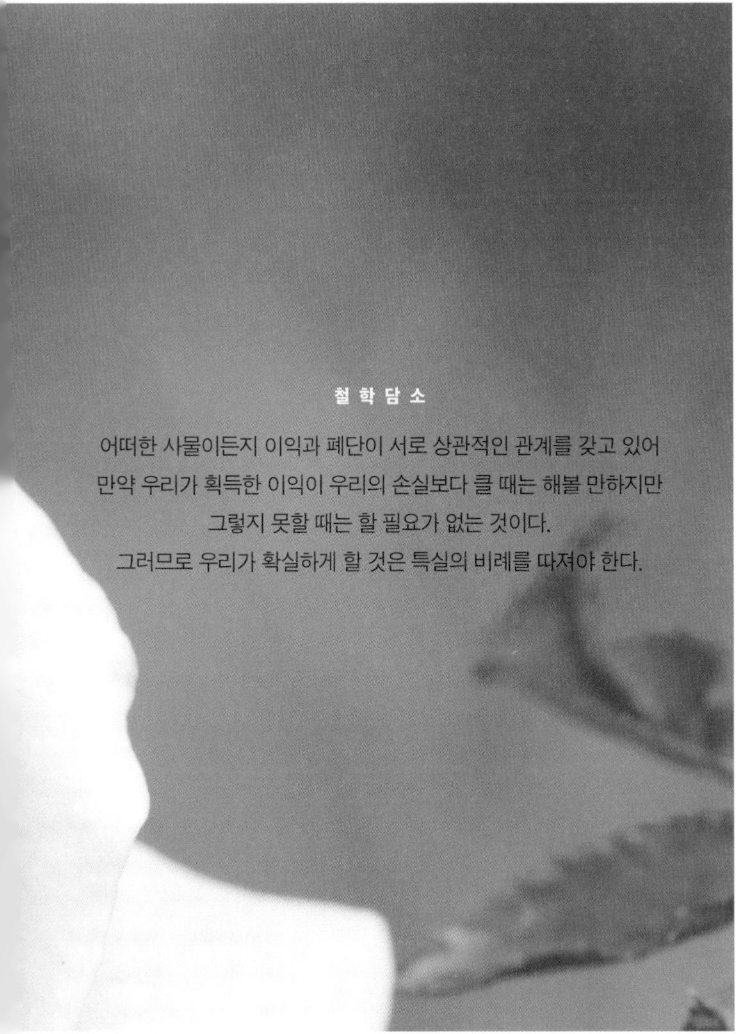

철 학 담 소

어떠한 사물이든지 이익과 폐단이 서로 상관적인 관계를 갖고 있어
만약 우리가 획득한 이익이 우리의 손실보다 클 때는 해볼 만하지만
그렇지 못할 때는 할 필요가 없는 것이다.
그러므로 우리가 확실하게 할 것은 특실의 비례를 따져야 한다.

진실

    스페인 화가 피카소는 일찍부터 채색으로 무대생활을 표현한 작품과 거리의 생활을 표현한 작품들을 수없이 그려냈다. 피카소는 만년에 현실주의 인체화 창작에 몰두했다. 한번은 파리에서 한 미국 병사와 회화에 대해 이야기를 나눌 때였다. 미국 병사는 피카소에게 자기는 현대 그림을 좋아하지 않는데 그 원인은 진실하지 못하기 때문이라고 솔직하게 말했다. 병사의 말을 듣고도 피카소는 아무런 말도 하지 않았다. 몇 분이 지난 후, 미국 병사는 여자친구의 사진을 꺼내어 피카소에게 보였다. 피카소는 사진을 보고 고의적으로 놀란 척 했다.

    "맙소사. 요렇게 조금 밖에 크지 못했단 말인가?"

오직 진실한 물건만이 의미가 있다고는 말할 수 없다.
만약 세상의 모든 물건이 그렇게까지 투명하다고만 한다면
인류는 가능하게 수많은 가치가 있는 것들을 잃어버렸을 것이다.
그 원인은 진실한 사물이라고 해서
모두 다 반드시 선량해야 하고 아름다워야 하는 것은 아니다.

거기선 아무도
날 모르잖소?

아인슈타인은 옷에 전혀 신경을 쓰지 않았다. 하루는 아내가 보다 못해 남편에게 말했다.

"여보, 이제는 유명인사고 하니 제발 옷 좀 폼 나게 입고 다니세요. 몇 달 동안 매일 똑같은 옷만 입으면 어떡해요?"

"그럴 필요가 뭐 있소? 직장에 가면 내가 누군지 다 아는데."

그러나 아인슈타인이 처음으로 중요한 국제학술회의에 참석하는 날이 왔다. 또 며칠 입던 옷을 입고 나서려는 남편에게 아내가 말했다.

"여보, 오늘 회의는 정말 중요한 행사 아니에요? 외국의 유명한 사람들이 다 모이는데 오늘은 꼭 말끔한 양복으로 갈아입으세요."

"그럴 필요가 뭐 있단 말이오?"

"아니 그게 무슨 말이에요?"

"거기선 아무도 날 모르잖소? 내가 뭘 입든 상관없을 테니까 걱정 말아요."

철 학 담 소

아인슈타인은 두뇌에 대해 큰 관심이 있지만
겉치장에 대해서는 무관심이다.

누가
대통령인가

고속도로에서 클린턴 부부의 자동차가 고장이 나서 멈춰 섰다. 이때, 주유소 직원이 뛰어왔다. 부인 힐러리는 클린턴 귀에다 대고 귓속말을 했다.

"여보, 저 사람이 저의 첫사랑이었어요."

"다행히도 그에게 시집을 안 갔으니 망정이지, 그렇지 않으면 어떻게 당신이 영부인이 될 수 있었겠소?"

힐러리는 냉정하게 대답했다.

"아니, 만약 그때 내가 그에게 시집을 갔으면 지금 그가 바로 대통령이었겠죠."

만약 시시각각으로 자신을 소유하고 있으면
당신은 영원히 승리자가 될 수 있다.

사과는 왜 위로
떨어지지 않는가?

1665년 흑사병이 런던을 강타해 캠브리지 대학까지 위협하자 휴교령이 내려져 뉴턴은 어쩔 수 없이 어머니의 농장으로 돌아가 2년 가까이 지냈다. 그의 위대한 업적은 대부분 이 기간 중 사색과 실험을 통해 싹튼 것이다.

어느 날, 뉴턴은 정원에 앉아 달은 왜 지구를 돌고 있는가? 골똘한 생각에 잠겨 있었다. 그런데 사과 한 개가 툭 떨어졌다.

"사과는 왜 밑으로만 떨어지고 위로는 떨어지지 않을까?"

"사과는 아래로 떨어지는데 달은 왜 안 떨어질까?"

이런 생각 끝에 뉴턴은 '지구는 모든 물건을 잡아끄는 힘이 있다'는 이른바 만유인력의 법칙을 발견하게 되었다.

이러나
저러나

미국 제36대 대통령 존슨은 26세에 전국청년총관 공서의 서장으로 임명되었을 때 그가 재임기간 부하들에 대해 무척 엄격했다. 한번은 그가 동사의 한 관원 책상 위에 여러 가지 문건이 지저분하게 쌓여 있는 것을 보고 무척 큰 목소리로 말했다.

"내가 바라건대 당신의 사상이 책상 위처럼 지저분하지 않았으면 좋겠어요."

그 후, 존슨이 두 번째로 이 사무실을 방문했을 때 책상 위가 너무도 깨끗하게 정리되어 아무것도 없었다. 이것을 본 존슨은 이렇게 말했다.

"당신들의 두뇌가 이 책상 위처럼 텅 비어 있어서는 안 됩니다."

철학 담소

만약 사업에서 성공하려면
두뇌는 매일 맑고 깨끗함을 보존하고 논리 정연해야지
그렇지 않고
두뇌가 텅 비어 있다든가 지저분한 것이 쌓여 있으면 안 된다.

의식

하루는 아인슈타인의 둘째 아들이 아버지에게 물었다.

"아버지, 아버지는 무엇 때문에 유명한 인물이 되셨습니까?"

아인슈타인은 아들의 말을 듣고 나서 먼저 하하하 웃고 나서 의미심장하게 말했다.

"아들아, 이걸 좀 보아라. 갑골충이 한 개 공 위로 기어가고 있다. 그러나 그는 자기가 기어가고 있는 길은 굽은 것인데 전혀 그것을 의식하지 못하고 있단다. 그러나 나는 의식할 수 있다."

크게 성공한 사람들은
모두 다 자기에게 적합한 길을 의식적으로 선택한다.
뿐만아니라
항상 자기가 걸어온 길을 뒤돌아 보고 제때에 자기의 방향을 조정한다.

농자의
우월성

　미국의 발명가 에디슨은 어린 시절 생활이 무척 가난하여 늘 기차간에서 사탕과 과자, 신문을 팔고는 했다. 한번은 기차간에서 신문을 팔고 있는데, 독하기로는 뱀보다 더 독하고 힘은 황소보다 더 센 기차 관리원이 에디슨의 귀뺨을 후려쳤다. 이로부터 에디슨은 귀머거리가 되었다. 그 후, 에디슨은 늘 말했다.

　"나는 그 선생에게 감사를 드려야 해. 이 시끄러운 세상에서 그는 나를 조용하게 해 주었기에 실험할 때 귀를 막을 필요가 없기 때문이지."

"새공이 잃은 말이 어찌 복인을 알았겠는가!"
우리는 지나치게 잃어버린 것에 대해 두고두고 생각할 필요가 없다.
하느님이 우리에게 열어준 창문으로 창밖의 풍경을 열심히 감상한다면
더 많은 희열과 성공을 얻을 수도 있다.

토끼에 혼쭐난
나폴레옹

언젠가 한번 나폴레옹이 토끼사냥을 하러 갔다. 충복인 베르티에는 황제를 기쁘게 해줄 요량으로 사냥터에 몰이꾼들을 배치하는 등 완벽하게 갖춰 놓았다. 그리고 전날 밤에는 사냥터에 토끼 천 마리를 풀어 놓았다.

나폴레옹은 토끼가 뛰어다니는 쪽을 향해 잰 걸음으로 걸어갔다. 그가 총을 들어 토끼에게 겨냥하려는 찰나 이게 웬일인가? 토끼들이 도망가기는커녕 오히려 나폴레옹을 향해 뛰어드는 것이 아닌가? 다른 토끼들도 사방에서 달려들었다. 나폴레옹은 혼비백산해 마차로 도피했다.

철학담소

베르티에가 사냥터에 풀어 놓은 토끼는 모두 집토끼였다.
나폴레옹이 손을 뻗어 총을 겨냥하자
토끼들은 먹이를 주려는 사육사인 줄 알고 마구 달려들었던 것이다.

우스갯
소리

미국의 유명한 럭비공 팀의 훈련 감독은 심각한 인종 차별로 감독의
자리가 흔들리고 있었다. 그러나 감독은 자신의 방식대로 이 문제를 해
결하려고 했다. 그리하여 그는 대원들을 모아 놓고 이렇게 말했다.

"지금부터 팀원들 속에 백인과 흑인은 없습니다. 내 눈에는 다만 녹
색(팀복의 색깔)팀원이 있을 뿐입니다. 지금 훈련을 시작하겠는데 연녹색
대원들은 이쪽으로 와서 서 있고 심녹색 대원들은 저쪽에 가 서 있으시
오."

철학담소

똑같은 문제지만
말하는 방식을 바꾸면 능히 사람들이 이해하리라 생각한 것은 착각이다.
그러나 같은 문제지만
문제의 실직적인 것을 틀어쥐고 다른 방면으로 말을 하게 된다면
표상에 미혹되지 않고
손실을 피할 수 있는 좋은 방법이 될 수 있다.

길을
묻다

어느 날, 한 나그네가 이솝(그리스 우화작가)에게 갈 길을 물었다.

나그네 : 내가 성안까지 가려 하는데 시간이 얼마나 걸리겠습니까?

이솝 : 당신이 걸어 보세요.

나그네 : 나는 걸어가는데 성안까지 가면 얼마나 걸리겠습니까?

이솝 : 당신이 걸어 보세요.

나그네는 묻는 말에 대답은 하지 않고 엉뚱한 소리만 한다고 화가 나서 앞으로 걸어갔다. 잠시 후 이솝은 나그네의 걸어가는 모습을 보고 "1시간이면 됩니다."라고 말했다.

나그네 : 왜 방금은 말하지 않았습니까?

이솝 : 당신의 걸음걸이를 모르고 몇 시간이 걸리는지 어떻게 알아요?

철 학 담 소

어떤 문제의 답안은
때로는 문제 자체에 의해 결정되는 것이 아니라
문제가 산생되는 배경에 의해 결정된다.
그러므로 문제를 해결할 때
단순하게 문제 자체에 의해서만 결정할 것이 아니라
시기와 형세로 판단해야지 문제를 원만하게 해결할 수 있다.

현실을
직시하다

인생은 아름답지만 현실은 그리 낭만적이지 않다. 이익과 자리, 자본을 둘러싼 치열한 경쟁이 벌어지는 곳이 바로 세상이다. 인생은 뜻하는 대로 되지 않는 것이 삶의 현실이다. 그러나 인생은 살면서 마주하는 상황에 대해 낙관적인 생각을 갖고 자신이 가진 것, 자신이 누리는 것에 감사할 줄 알아야 한다.

인생은 자신의 현실이나 미래를 냉철하게 직시해야 한다. 현실은 직시하는 힘을 갖췄을 때 낙관적인 사고도 의미가 있다. 막연하게나마 모든 것이 잘될 거라는 낙관론으로 자신이 보고 싶은 것이나 믿고 싶은 것을 현실과 혼동하면 스스로를 보호하기 힘들다. 기대와 다른 현실과 맞닥뜨렸을 때 무너질 수 있기 때문이다. 그러므로 자신의 인생에서 낙관적인 희망과 기대를 가지는 동시에 냉정한 현실을 직시하는 힘을 가지고 살아야 한다.

금전과
정의

하루는 국왕이 아반티에게 물었다.

"아반티, 만약 너의 앞에 한쪽에는 금전이 있고, 다른 한쪽에는 정의가 있다면, 너는 어느 것을 선택하겠느냐?"

"저는 금전을 선택할 것입니다."

"왜, 아반티? 나는 반드시 정의를 선택할 것이다. 금전이 뭐가 그리 희귀한가? 정의는 그리 흔하게 구할 수 있는 것이 아니다."

"폐하, 무엇이 부족하면 그것을 선택하게 되어 있습니다. 폐하께서 요구하는 물건은 바로 그것이 부족하기 때문입니다."

철학담소

구호를 높은 소리로 부르면 부를수록 내용은 부족하거나 텅텅 비어 있다.
형식만을 연구하면 연구할수록 본질은 점점 허무해지고 희미해진다.

1달러치도
안 된다

　한 만찬회의에서 영국의 문호 버나드 쇼는 어떤 생각에 몰입하고 앉아 있었다. 옆에 앉아 있던 한 부옹이 이상하게 여겨 그에게 물었다.

　"버나드 쇼 선생, 내가 1달러를 낼 테니 당신이 뭘 생각하고 있는지 물어도 됩니까?"

　"내가 생각하고 있는 물건은 1달러치도 안 됩니다."

　"그럼, 당신은 무엇을 생각하고 있습니까?"

　"나는 줄곧 당신을 생각하고 있었습니다."

재부로는 한 사람의 가치를 전부 평가할 수 없다.
그러나 한 사람의 품격은 평가할 수 있다.

성 에너지

성 충동은 마음에 따르는 작용의 하나이기에 성 에너지를 창조적으로 전환시켜야 한다. 성 에너지는 사람들의 정열이나 창조적 상상력이나 집중적 소망이나 인내력 그리고 그밖에 사람들을 풍족하고 행복하게 하는 모든 것의 원동력이다. 그러나 강한 성 충동을 육체적인 것으로만 간주하고 잘못 발산한다면 자신의 명예는 물론 생명마저도 사정없이 파멸시킨다. 그러므로 성 충동을 신체의 정신건강을 위해 건강하고 올바르게 발산해야 한다.

수염을
찬미하다

한 귀부인이 오만하게도 프랑스의 작가 모파상에게 말했다.

"당신의 소설은 뭐 그리 대단한 것이 아니더군요. 그런데 당신의 수염은 매우 아름다워요. 당신은 무엇 때문에 그 수염을 기르죠?"

모파상은 웃음을 지으며 말했다.

"문학에 대해서 아무것도 모르는 사람에게 하나라도 찬미할 수 있는 것을 주기 위해서입니다."

사회생활을 하다 보면 요해가 없고 익숙하지 못한 것들이 점점 많아진다.
그러므로 잘 모르는 것에 대해 발언을 하게 되는 경우에는
절대로 자기의 한정된 지식으로 갑을을 착각해서는 안 된다.

비밀

　하루는 기자가 미국 군사 전문가인 키신저에게 도탄과 잠수함정의
정황에 대해 물었다.

　키신저 : 나의 어려운 점은 숫자는 알고 있으나 그것이 비밀인지는 알
수 없습니다.

　기자 : 비밀이 아닙니다.

　키신저 : 비밀이 아니라고요? 그럼 당신께서는 얼마라고 말할 수 있
습니까?

　기자는 다만 하하하 웃었다.

철학담소

말하기가 난처할 때 가장 좋은 방법은
상대방으로 하여금 입을 열기가 어려운 지경에 처하게 하는 것이다.

곤혹을
해소

레이건 대통령이 한 차례 피아노 연주회에서 연설을 할 때 그의 부인이 조심하지 않아 의자에 앉은 채로 바닥에 넘어졌다. 그러나 그는 영활하게 일어나 앉았다. 이에 관람객의 귀빈들은 박수갈채를 보냈다. 이때 레이건은 이렇게 말했다.

"사랑하는 부인, 다만 내가 박수를 받지 못했을 때 부인께서 마땅히 이렇게 연출해야 한다고 말한 적이 있었지요?"

여러 사람이 지켜보는 곳에서 웃음거리가 되는 일을 저질렀을 때는
가장 난처한 일이 아닐 수 없다.
그러나 발생한 일을 거둬들일 수 없는 경우에는
유머의 방식으로 대처한다면 난처한 상황에서 가볍게 벗어날 수 있다.
그렇지 못할 경우에는
더욱더 난처해지고 심지어 곤혹스러운 국면을 가져올 수 있다.

즐거운
소리

　미국 대통령 존슨은 작은 동물 놀리기를 즐겼다. 한번은 사진기자 앞에서 자기가 기르는 어린 사냥개의 귀를 잡고 들어 올렸을 때 개가 날카롭게 부르짖었다. 그러나 존슨은 "나는 개가 부르짖는 소리가 듣기 좋다"고 말했다. 이 일이 전국 동물 애호가 협회에서 알게 되었고 그들은 대통령이 동물을 학대한다고 항의 집회를 했다. 그리하여 존슨은 부득이 그 일을 밝혀야 했다.

　"나는 감히 내기를 할 수 있다. 이 개는 아파서 소리를 지른 것이 아니라 즐거워서 내는 소리였다."

곤경에 휩싸여 빠져나올 수 없는 상황이라면
한 번쯤 존슨의 방법을 배워
모순의 초점을 근본적으로 검증할 수 없는 사실에다 전이시켜 보자.

두 배의
학비

한 청년이 철학자 소크라테스를 찾아와 자신의 웅변술을 배울 것을 요구했다. 그 청년은 자기의 구변이 좋다는 것을 보여주기 위해 한참 동안 말을 쏟아냈다. 청년의 말을 들은 소크라테스는 그에게 두 배의 학비를 요구했다. 청년은 깜짝 놀라 물었다.

"무엇 때문에 나에게 두 배의 학비를 요구합니까?"

"나는 너에게 두 개의 과목을 가르쳤다. 하나는 어떻게 입을 다물 것 인가를 가르쳤고, 다른 하나는 어떻게 연설해야 하는지를 가르쳤다."

성공적인 웅변가는 웅변을 할 때 입을 다물기도 하고, 입을 열기도 한다.

마땅히 말을 해야 할 것은 입을 열어 말을 하고,

마땅히 말을 하지 않아도 되는 것은 입을 다물고 말하지 않는 것이다.

이것이 바로 웅변술의 비결이다.

다만
자기만 보다

오만하기 짝이 없는 부자가 한 철학가를 만나러 갔다. 철학가는 그를 데리고 창문가에 가서 이렇게 말했다.

"밖을 내다보세요. 당신은 무엇을 보았습니까?"

"매우 많은 사람을 보았습니다."

철학가는 이번에는 거울 앞에 데리고 가서 물었다.

"지금 당신은 무엇을 보았습니까?"

"다만 나를 보았습니다."

"유리창과 거울은 그 얇은 수은 층에 의하여 구별이 되는데 이 얇은 수은 층 때문에 어떤 사람은 다만 자기만 보았다 하고 남은 보이지 않는다고 합니다."

철학 담소

철학가의 말은 부자에게 한 가지 도리를 알게 했다.
즉, 사람은 누구나 자신을 정확히 아는 것이 중요하다는 것과
자기가 이룩한 성과가 아무리 놀랍다한들
하늘 위에 하늘이 있고, 사람 위에 사람이 있다는 것을
명백히 알아야 할 뿐만 아니라
항상 겸허하고 신중함을 견지해야 한다는 것이다.

남성
과시욕

어머니는 미국의 작가 헤밍웨이가 갓 태어났을 때부터 여자 옷을 입고 다니도록 했다. 18개월 먼저 태어난 누나와 함께 여자 쌍둥이로 간주해 버렸던 것이다. 그래서 헤밍웨이는 여자 아이들처럼 긴 머리에 치마를 입고 놀아야 했다. 그리고 6세 때가 되어서야 남자 옷을 처음 입을 수 있었다. 그가 어른이 되어서도 늘 남성다움을 과시하려 들었던 것은 이런 어린 시절에 대한 반발이자 반작용이었다. 그래서 헤밍웨이는 복싱과 투우를 배우고, 모험이란 모험은 모두 해보려 들었다. 그가 한사코 스페인 전쟁과 1·2차 대전에 뛰어들려 했던 것도 같은 맥락이다. 이런 전쟁 경험으로 《무기여 잘 있거라》와 같은 명작을 탄생시켰다.

유머
부인

1984년, 듀이와 트루먼은 미국 대통령 경선에 참가했는데, 민의 측험에서 듀이가 훨씬 앞서 달리고 있어 대통령 당선에 가망이 있었다. 그리하여 듀이는 부인에게 물었다.

"당신은 이제 곧바로 미국 대통령과 통침하게 되었으니 어떤 감수가 있소?"

"영광에 겨워 참을 수가 없군요."

그런데 뜻밖에도 이번 경선에서 듀이가 실패했다.

"여보, 내가 워싱턴으로 갈까요? 아니면 트루먼이 여기로 옵니까?"

어떤 사람은 일도 하고, 말도 하며,

어떤 사람은 일이든 말이든 한 가지만 하고,

어떤 사람은 일도 말도 하지 않는다.

이 네 종류의 사람은 만나는 기회가 너무나 적은 것이 유감이다.

친구를 사귈 때는 첫 번째 종류의 사람이 가장 좋고,

네 번째 종류의 사람과는 피함이 좋다.

그리고 제3종류의 사람과는 멀리 해야 한다.

정적을
없애는 방법

어떤 사람이 링컨 대통령의 정적(政敵)을 대하는 태도에 대해 비평을
했다.

"당신은 무엇 때문에 그들을 친구로 여깁니까? 당신은 반드시 방법을
연구하여 그들을 타격하고 소멸해야 되지 않을까요?"

"내가 그들을 친구로 여길 때는 정적이 존재하지 않습니다."

모순을 변화시키는 방법에는 여러 가지가 있는데
상대방을 소멸시키는 방법은 제일 힘들고 추천할 만한 것이 못된다.
만약 불리한 것을 유리하게 변화시키고 적을 내가 이용하게 된다면
그것 이상 고명한 방법이 없을 것이다.
이것이 바로 교제 가운데서 모순을 해결하는 가장 좋은 방법이다.

입체파 미술의
창시자

피카소의 여섯 번째 부인이었던 프랑수와즈의 말에 따르면, 피카소
는 매일 아침 늘 입버릇처럼 이렇게 말했다고 한다.

"난 죽을 병에 걸렸어. 정말 자살하고 싶어."

참다못한 프랑수와즈는 어느 날 아침, 문을 활짝 열고 소리쳤다.

"자, 정 그렇다면 뛰어내리세요."

그 다음부터 피카소는 프랑수와즈에게 다시는 자살하고 싶다는 말
을 하지 않았다고 한다. 비단 프랑수와즈뿐만 아니라 그와 함께 지냈
던 모든 여인들이 늘 바늘방석에 앉은 것 같았다. 그들은 이구동성으
로 말했다.

"그와 함께 살면 하루 24시간 내내 갑옷을 입고 있어야 한다."

링컨의
독단

미국 대통령 링컨은 대통령에 취임한 지 얼마 안 있어 여섯 막료들과 한 차례 회의를 열었다. 링컨은 한 개의 중요한 법안을 제출했는데, 막료들의 관점은 통일되지 않아 일곱 사람은 법안을 두고 열렬히 쟁론했다. 링컨은 여섯 막료들의 의견을 자세히 듣고 그래도 자기의 관점이 정확함을 감수했다. 마지막으로 결책을 내릴 때 여섯 막료들은 강경히 반대했지만 링컨은 자신의 의견을 고집했다.

"비록, 나 혼자서 찬성하지만 나는 여전히 이 법안이 통과되었음을 선포한다."

철학 담소

결단은 다수 사람들에 의해 내려서는 안 된다.
다수 사람들의 의견을 들어야 하지만
결단을 내리는 것은 어느 때나 한 사람이다.

레이건의
웅심

레이건은 미국 역사상 가장 나이가 많은 대통령이었다. 그는 몇 차례나 자신의 나이에 대한 공격을 교묘하게 물리쳤다.

"나는 이미 노인 치매증이 왔고, 살날도 많지 않다."

또 얼마 안 있어 한 차례 공화당 경선에서 이렇게 말했다.

"지금 볼 때 1996년 대통령 경선에 불참할 수도 있다. 그러나 2000년 대통령 경선 가능성을 배제하는 것은 아니다."

이때 온 장내의 사람들은 모두 일어나 열렬한 박수를 보냈다.

"늙은 천리마가 마구간에 누워 있으나, 여전히 천 리를 달리고 싶어 한다."는
웅대한 뜻이 있으면 연령이 많고 적음에 관계없이
오직 지향이 있으면 얼마든지 성대한 사업을 해낼 수 있다.

빌 게이츠의
사위

하루는 상인 제크가 아들에게 말했다.

제크 : 나는 이미 훌륭한 며느릿감을 물색해 두었다.

아들 : 내가 결혼할 여자는 내가 결정할 거예요.

제크 : 내가 말한 처녀는 빌 게이츠의 딸이란다.

아들 : 와, 그럼······.

어떤 모임이 있던 날 제크는 빌 게이츠 곁으로 걸어갔다.

제크 : 제가 당신의 훌륭한 사윗감을 물색해 주겠습니다.

빌 게이츠 : 우리 딸은 아직 시집갈 생각이 없습니다.

제크 : 그러나 내가 말하는 청년은 세계은행 부총재입니다.

빌게이츠 : 와, 그럼

그러고 나서 제크는 세계은행 총재 곁으로 갔다.

제크 : 내가 귀 은행 총재를 담당할 수 있는 한 젊은이를 소개해 드리겠습니다.

총재 : 우리는 이미 많은 부총재가 있습니다.

제크 : 내가 말하는 이 젊은이는 빌 게이츠의 사위입니다.

총재 : 와, 그러면······.

결국, 제크의 책략으로 제크의 아들은 빌 게이츠의 사위가 되었고, 또한 세계은행 부총재가 되었다.

에너지
덩어리

나폴레옹이 프랑스의 최고 실권자로 있을 때의 일이다. 밤늦게까지 일하던 몇몇 장관들이 꾸벅꾸벅 졸기 시작했다.

"이것 봐, 잠들 깨! 이제 겨우 새벽 2시야. 월급 받는 것만큼 일해야 지."

일 중독자였던 나폴레옹이 새벽 2시까지 일하는 것은 보통이었다. 황제에 즉위한 뒤에는 잠이 더욱 줄어 하루 3시간 정도밖에 자지 않았 다. 초저녁에 한두 시간 자다가 자정에 벌떡 일어나 새벽 5시까지 일하 고는 또 잠시 눈을 붙인 뒤 벌떡 일어나 일하기도 했다.

그의 전형적인 수면시간은 하루 3시간이었고, 부족한 잠은 토막잠으로 때웠다. 그는 잠이 많거나 게으른 사람은 절대로 등용하지 않았다.

"수면 시간은 남자에게는 하루 6시간, 여자에게는 7시간, 바보에게는 8시간이 적당하다."는 것이 나폴레옹의 지론이다.

정치가

한 사람이 영국 수상 처칠에게 정치가가 되려면 무슨 조건이 필요한지를 물었다.

"정치가라면 내일, 다음 달, 내년과 미래에 발생할 수 있는 일을 능히 예언 할 수 있어야 한다."

"만약 그때 가서 예언했던 일을 실현하지 못했을 때는 어떻게 해야 합니까?"

"그러면 또 하나의 이유를 말해야 한다."

오직 자기의 말을 그럴듯하게 둘러 맞춰야만 위신을 수립할 수 있고,
위신을 보존할 수 있다.
당신은 리더가 되려 합니까? 한 번쯤은 뒤돌아보라,
누가 당신을 뒤따르고 있는지.
크게 리더가 되려고 자처하지만 뒤따르는 사람이 없으면
그것은 다만 산책에 지나지 않는다.

자천이 권력을
부하에게 주다

공자의 제자 자천은 한때 한 지방 관리로 있었다. 그는 지방 관리로 임명이 된 후로는 늘 거문고를 즐기고 정사는 돌보지 않았다. 그렇지만 그가 관할하는 지방은 질서가 정연하고 백성은 즐기고 업은 왕성했다. 그러나 조정에서 임명한 관리들은 매일 밤낮으로 뛰어다니면서 전전긍긍했지만, 지방을 다스릴 수가 없었다. 그리하여 그들은 부득이 자천을 찾아 가르침을 받기로 했다.

"무엇 때문에 당신께서는 유유자적하고 정사는 묻지도 않으면서도 이 지방을 잘 다스리는 것입니까?"

"당신은 다만 자기의 역량에만 의거하여 다스리기 때문에 매우 힘들지만 나는 부하들의 힘을 빌려 임무를 완성합니다."

철 학 담 소

총명한 관리자는 어떻게 하면 부하들의 재능과 힘을
정확하게 알아차려 쓰는가를 알아야 하는 것이지
이것저것 간섭하면서 몸소 백사만사를 도맡아 해서는 안 된다.

상갓집
개라니?

공자를 만났던 정나라 사람이 스승을 찾아다니는 자공을 만나자 이렇게 말했다.

"동쪽 문에 서 있는 분이 혹시 당신 스승이 아닌지 모르겠습니다. 이마는 성천사자 요임금과 비슷하고 어깨는 명재상인 자산을 닮았습니다. 하지만 무척이나 피로해 보이고 뜻을 얻지 못한 형상은 꼭 상갓집 개를 연상케 하더군요."

그 말을 듣고 자공이 급히 달려가 보니 아니나 다를까 스승인 공자였다.

사람을 외모로 판단할 수는 없다.
비록 화려한 의상을 입은 사람일지라도
그것이 그 사람의 진면목은 아닐 것이며
또 비록 남루한 옷을 걸쳤더라도
그것 역시 그 사람의 참 모습은 아닐 것이다.
때때로 슬픔이 기쁨의 옷을 입고 있을 수도 있으며
행복이 불행의 옷을 입을 수도 있기 때문이다.

인생은
오자투성이

미국의 벤자민 프랭클린은 노령에 이르러 이렇게 말했다.

"만약 누가 나에게 전 생애를 처음부터 끝까지 다시 한 번 재연하라고 한다면 나는 기꺼이 응할 수 있다. 다만 한 가지 허락받고 싶은 것은 저서가 재판될 때에 초판본의 오자를 교정할 수 있는 자유를 가지듯 생애에 있어 그런 교정의 자유를 가질 수만 있다면……."

철학담소

인생이란 한 권의 책자처럼 오자투성이일 수가 있다.
설사 그렇다 치더라도 완벽한 한 권의 책이 드문 것처럼
완벽한 인생 역시 찾아보기가 힘들다.

삶의 기술

    루소는 나이에 따른 인간의 욕구를 다음과 같이 분류했다. 10세 때는 케이크에, 20세 때는 연인에, 30세 때는 쾌락에, 40세 때는 야심에, 50세 때는 탐욕에, 노년 때는 영지(英知)에 의해 움직인다.

철학 담소

나이는 사랑과도 비슷하다. 무엇으로도 덮어 감출 수가 없다.
또한 덮어 감출 필요도 없다.
차라리 덮어 감추려 애쓰기보다 그 나이의 지혜를 갖추기에 힘써야 한다.
나이를 먹을수록 현명해진다는 말이 있다.
그 늙음 속에서 젊음을 잃지 않도록 하는 것이 곧 삶의 기술이다.

니체의
보물

철학자 니체가 어느 서점에서 한 권의 책을 펼치고 시간을 잊은 듯이 그 책 속으로 빠져들었던 그때의 심정을 이렇게 말했다.

"정체를 알 수 없는 어떤 영혼이 그 책을 가지고 빨리 돌아가라고 속삭이는 것 같았다. 나는 그 책을 사서 마치 도망치듯 그 서점을 뛰쳐나왔다. 집에 도착하기가 바쁘게 나는 가지고 온 그 책을 열어 보았다. 그리고 그 힘차고 숭고한 천재의 마력에 복종할 수밖에 없었다. 그것은 두 번 다시 찾아낼 수 없는 나의 보물이었다."

자연을 알고 인생을 알기 위해서는
자연과 인간을 접촉하는 것도 중요하지만
그보다도 빠른 지름길은 책과의 만남이다.
책 속에는 그만큼 오랜 인류의 온갖 사색과 체험이
적나라하게 펼쳐져 있기 때문이다.

보배

송나라의 변강지구에 사는 어떤 사람이 다듬지 않은 옥돌을 얻자 그
것을 자한에게 바쳤으나 자한은 받지 않았다. 그 사람이 "이것은 진귀
한 보물인데 임금의 그릇으로 쓰기에나 좋지 저 같은 촌뜨기가 쓸 것은
못됩니다."라고 말하자 자한은 "당신은 옥돌을 보배로 여기지만 난 당
신의 옥돌을 받지 않는 그런 품성을 보배로 여깁니다."라고 대답했다.

철학단소

진정 고상한 품성을 지닌 사람은
결코 얻기 어려운 물건을 보배로 여기는 것이 아니라
고상한 품성을 보배로 여긴다.

무지를
양해하다

증자는 물고기 반찬을 해먹고 좀 남은 것을 보고 "그것을 끓여두는 것이 좋겠소"라고 말했다. 학생들은 그의 말을 듣고 "끓여두면 변질하기 쉽습니다. 변질한 것을 먹으면 병에 걸릴 수 있으니 절여두는 것보다 못합니다."라고 말했다. 그러자 증자는 눈물을 흘리면서 "난 의식적으로 사람을 해치려 하지 않았는데, 아는 것이 너무나 적구만" 하고 말했다.

모르면 실책을 만든다.
우리는 증자처럼 자신의 무지를 양해해서는 안 된다.

침착

어질기로 소문난 철학자 칸트는 어느 날 나무 그늘 밑에서 산책을 하고 있는데 어떤 미친 백정이 서슬이 시퍼런 칼을 들고 달려오더니 느닷없이 칸트에게 덤벼들었다. 칸트는 도망가기는커녕 그의 칼날을 슬쩍 비켜서며 침착하게 말했다.

"여보게, 오늘이 도살 날인가? 내가 알고 있기로는 내일일 텐데……."

침착하다는 것은 자기 자신을 지킨다는 말이다.
자기의 감정은 되도록 내면 깊숙이 가라 앉혀 놓고
자신은 마치 수놓은 듯 그렇게 현실을 판단하는 것이다.
자기 자신을 지배하려면 무엇보다도 침착해야 한다.
만약 기쁨이 오면 그 즐거움 속에 보다 무거운 자기 자신을 심어야 한다.
그것이 자신의 이성이며 절제이며 자아의 발견이다.

피카소의
그림

프랑스의 화가 피카소의 추상화가 한창 성행할 때 수많은 사람들은 모두 피카소의 학생이 되려고 노력했다. 한 화가가 피카소의 추상화를 전시할 때다. 한 노파가 한 폭의 그림 앞에 서서 혼잣말로 중얼거렸다.

"이것은 무엇을 그렸을까?"

노파 옆에 서 있던 한 사람이 그림에 대해 좀 알고 있는지 이렇게 말했다.

"이 그림은 화가의 자화상입니다."

"그 오른쪽에 있는 그림은요?"

"그 그림은 그의 부인입니다."

노파는 머리를 끄덕이며 말했다.

"맙소사. 그들이 아이를 낳지 않기를 희망합니다."

중국에 "범을 그리려다 개를 그리다"라는 말이 있다.
만약 한 사람이 배웠다는 것이
이것도 아니고 저것도 아닐 때는
차라리 배우지 않는 것만 못하다.

언어
미화

미국 전 대통령 트루먼은 공공장소에서 강연을 할 때면 항상 말투가 "제기랄!" 이 아니면 "귀신이 곡할 노릇이다" 등과 같은 상투어를 썼다. 그리하여 한번은 민주당의 이름 있는 한 여사가 트루먼의 부인을 만나 대통령이 한 정치가를 질책할 때 "마치 한 무더기 말똥 같다"는 말을 했다면서 남편에게 곱고 바른말을 하도록 권고할 것을 당부했다. 트루먼 부인은 여사의 말을 듣고 나서 아무런 거리낌 없이 이렇게 말했다.

"당신은 모를 겁니다. 나는 몇 년 동안의 긴 시간을 허비해서야 그의 언어를 그 정도로 미화한 겁니다."

큰일을 하는 사람은 세절적인 것에 구속을 받지 않는다.
때로는 일부 '유감스러운 것'이
더욱더 그의 인격적인 매력이 될 수 있다.

성공의
요술 주머니

미국의 정치가이자 과학자인 프랭클린은 이렇게 말했다.

"성공을 하려거든 남을 밀어내지 말고, 또 자기 힘을 측량해서 무리하지 말며, 자기가 뜻한 일에는 한눈을 팔지 말고, 묵묵히 해 나가야 한다. 평범하지만 이것이 곧 성공이 튀어나오는 요술 주머니다."

참으로 쉽고도 간단한 말이지만 또한 참으로 어렵고 복잡한 이야기이기도 하다.
욕심이 마음의 눈을 흐리게 한다면 비워 놓은 마음은 마음의 눈을 밝게 해준다.
쉽고 간단한 이야기를 쉽고 간단하게 할 수 있는 사람이라면
그는 마음을 비워 놓았기 때문에 그런 말을 할 수가 있고,
그토록 허심탄회할 수 있기 때문에 사업을 성공시킬 수가 있었다.
카네기는
"나는 다만 어떠한 때이고 나에게 주어진 일에 전력을 기울여 왔을 뿐이다"라고
성공에 대해 말했다.

웃음

마음의 움직임을 바로 표정에 나타내는 사람을 상대하는 것은 간단하다. 자신의 요구를 상대에게 전하고 마음대로 상대를 움직이는 것이 용이하기 때문이다. 그런데 언제나 조용히 웃음을 띠고 있는 사람의 마음은 측량하기 힘들다. 싱글벙글하고 있어도 내심 노하고 있을는지도 모른다. 그래서 중국의 구양수는 "웃는 자는 예측하지 말라"고 타일렀다. 이 말은 "웃고 있는 사람은 진의를 알 수 없어서 무섭다"는 의미가 다분하다. 영국의 셰익스피어도 "주먹으로 때리는 것보다 웃는 얼굴로 겁을 주라"고 말한 바 있다.

인간이란
그런 거야

유명한 수학 교수가 친구인 음악가의 권유에 못 이겨 어쩔 수 없이 바이올린 연주회에 가게 되었다. 연주회가 끝나자 음악가 친구는 무척이나 감동한 목소리로 수학 교수에게 말했다.

"어떤가? 거의 환상적이지 않았는가? 참으로 놀라운 솜씨가 아닐 수 없어!"

그러나 수학 교수는 길게 한숨을 쉬고는 퉁명스럽게 말했다.

"참으로 놀랍더군. 거의 환상적이었어. 2,900번이나 올렸다 내렸다 했으니 말이야."

혈 학 담 소

인간이란 바로 그런 것이다.

남의 일에 대한 생각이나 남에 대한 비평에는 대다수가 무관심하다.

인간은 진종일 잠자기 직전까지 끊임없이 자기 일만을 생각한다.

누군가가 죽었다는 뉴스보다도

자기 자신의 가벼운 상처나 두통에 대해서만 천 배나 만 배로 마음을 쓸 뿐이다.

그리고 그렇게 자기 방식대로만 살아가기를 원한다.

무아경(無我境)

쇼펜하우어는 자신이 쓴 책을 읽다가도 흥에 겨우면 마냥 흥분하여 무릎을 치거나 어깨를 으쓱거리며 떠들어대곤 했다.

"이거야말로 굉장한 영감으로 쓴 책이군. 이 책을 쓴 사람이 누구지? 이건 천재가 아니면 도저히 쓸 수 없는 것인데……. 천재란 바로 이런 사람을 두고 하는 말이야!"

그는 자기 자신이 그 책의 저자라는 사실을 까마득히 잊어버리고 오로지 그 책의 내용에 빠져들어 혼자 좋아하며 마냥 날뛰었다.

무아경은 사사로운 마음이 없이 정신이 한곳에 통일되어
나를 잊고 있는 경지를 말한다.
삶에 참되고 순결한 사랑이 없이는 무아경에 이를 수 없다.
무아에 빠져들수록 인생은 숭고한 것이고
또한 완전한 삶을 살고 있는 것이 된다.

겉볼안

　한 상인이 딸을 위해 정원에서 장미꽃을 꺾었다. 그 정원의 주인은 야수처럼 흉측하게 생긴 사람이었는데 그는 노하여 상인의 딸을 바치지 않으면 상인을 죽여 버리겠다고 위협했다. 딸은 아버지를 위해서 희생할 결심을 하고 야수에게로 갔다. 야수와 얼마간 생활을 하게 되자 어느새 딸은 야수를 사랑하는 마음이 싹트기 시작했다. 그리고 어느 순간 무섭게 생긴 야수가 젊고 우아한 왕자로 변했다. 둘은 한 쌍의 부부가 되었다.

철 학 담 소

이 이야기는 '변신담'인데 여기에는 매우 건전한 교훈이 들어있다.

즉 인간의 가치란 외모와는 상관이 없다는 것이다.

그러나 우리 속담에는 '겉 볼 안'이라는 말이 있다.

외양을 보고 그 사람을 짐작할 수 있다는 것이다.

우리는 사람뿐 아니라 어떤 현상을 겉으로 드러난

그 이상의 것으로 판단할 능력이 있는가 없는가가 문제이다.

그 능력을 갖추고 있다고 장담할 사람이

우리 주변에 몇이나 있는가가 문제이다.

갈구

한 청년이 소크라테스를 찾아와서 말했다.

"저는 지식을 탐구하러 왔습니다."

소크라테스가 되물었다.

"그렇다면 자네의 욕구는 얼마나 간절한가?"

"꼭 이루어내고야 말겠습니다."

소크라테스는 청년을 바닷가로 데리고 갔다. 그리고 물이 턱에 닿을 때까지 걸어 들어갔다. 그리고 갑자기 청년을 무지막지하게 물속으로 떠밀어 넣었다. 청년이 물 위로 고개를 내밀었을 때 소크라테스가 물었다.

"자네가 가장 필요했던 게 무엇인가?"

"공기입니다. 숨을 쉬어야 하니까요."

소크라테스는 청년의 머리를 쓰다듬으며 말했다.

"자네가 물속에서 공기를 갈망했던 것처럼 그렇게 지식을 갈구했다면 지식은 이미 자네 것이네."

세상에 희망만 한 재산이 없다.
희망하는 것을 갈구한다면 희망을 실현할 수 있다.
그대의 욕구와 탐구가 있기 때문이다.
그것은 마치 자신이 소유하고 있는 지식과도 같이
날마다 창조 능력을 발휘할 수 있는 잠재능력이 무궁무진하기 때문이다.

줄

어느 날 인도의 아크발 황제가 어전으로 나오더니 벽에다 줄을 하나
쓱 그었다. 그리고 신하들에게 말했다.

"지금부터 그대들은 내가 이 벽에 그어 놓은 줄을 짧게 만들 수 있는
방법을 찾으라. 단, 이 줄에 절대 손을 대지 않아야 한다."

신하들은 불가능하다고 생각했다. 손도 대지 않고 어떻게 줄을 짧게
만든단 말인가. 손만 댈 수 있다면 물론 누구든지 할 수 있는 일이었다.
이때 한 신하가 나섰다. 성큼 벽 쪽으로 다가서더니 그 줄 바로 밑에 다
른 줄을 하나 더 그었다. 물론 이미 있던 줄보다 더 길게.

철학 담소

무엇이 작고 짧은 것인가?
그 자체로는 작고 큼, 길고 짧음이 없다.
모든 것은 상대적일 뿐이다.

천재

젊은이 : 음악을 배우고 싶습니다. 당신처럼 훌륭한 음악가가 되고 싶어요. 어떻게 하면 될까요?

모차르트 : 당신은 스승을 찾고 있군.

젊은이 : 당신은 어떤 스승에게도 배운 적이 없다고 들었습니다. 그렇다면 나는 왜 스승을 찾아야 하나요? 당신은 일곱 살 때 이미 훌륭한 작곡을 했다고 들었습니다. 나는 스무 살이 다 되었는데 왜 스승을 찾아야만 할까요?

모차르트 : 그건 당신 책임이요. 나는 일곱 살 적에도 작곡을 어떻게 해야 하는지 아무에게도 물으러 가지 않았소. 나는 스스로 작곡을 했소. 그런데 당신은 지금 내게 그걸 묻고 있소. 그것은 당신이 재주만 가졌지 천재가 아니라는 것을 말해주는 거요.

철 학 담 소

재주는 배우지 않으면 안 된다. 재주 있는 사람은 모방한다.
그는 천재를 모방한다. 천재는 모방적이 아니라 독창적이다.
좋은 말은 훌륭한 말처럼 보이기 위해 훈련된 말이다.
그런 말은 훌륭한 말의 영혼을 갖고 있지 않으며
단지 그 특성을 모방한 것뿐이다.

인간이 지닌
고유

쇼펜하우어는 엄청난 대식가에서 그는 언제나 먹고 마시는 것을 즐겼고 그것을 사랑했으며 언제나 그것과 함께하기를 좋아했다. 하루는 레스토랑에서 줄기차게 먹어대는 쇼펜하우어를 본 그의 친구가 말했다.

"그렇게 막무가내로 먹어댄다면 자네 속엔 음식 찌꺼기만 가득하게 될 거야! 그래서야 무엇 하나 제대로 해낼 수가 있단 말인가?"

쇼펜하우어는 음식을 계속 씹으면서 말했다.

"그래, 확실히 나는 두 사람 몫을 먹지. 그러나 나는 그 대신 두 사람 몫만큼 생각하고 있지 않은가!"

철 학 담 소

사실 쇼펜하우어는

두 사람이 아닌 그 이상의 사람들 몫까지 생각하는 철학자였다.

사람은 자기 생각을 사용하는 것밖에 자기 고유의 것이란 가진 것이 없다.

인간이 지닌 고유란 생각뿐인 것이다.

우물에 빠진
천문학자

별을 연구하는 천문학자가 매일 밤마다 별을 관찰하기 위해 여기저기 돌아다니며 밤하늘을 올려다보다가 그만 우물에 빠지고 말았다. 마침 그곳을 지나가던 사람이 살려달라는 소리를 듣고 우물로 달려가 천문학자를 구해주었다. 천문학자가 우물에 빠지게 된 이유를 들은 사람은 천문학자에게 말했다.

"하늘에서 무슨 일이 벌어지는지는 그렇게 잘 보는 양반이 당신의 발밑에 무엇이 있는지는 보지 못하다니 참 한심하군요."

학식이 뛰어난 인재라 할지라도 현실에는 무딘 사람이 있다.
사람들은 저마다 뛰어난 분야가 있는 반면 남들보다 못하는 일도 있다.
자신은 잘하는 일을 남이 못한다고 해서
자신의 시각으로 남의 행동을 평가해서는 안 된다.

나팔수

　군인을 모집하는 일만 하는 나팔수가 적들에게 사로잡혀 처형을 당할 처지에 놓였다. 나팔수는 적들에게 애원했다.

　"제발 살려주세요. 저는 처형당할 이유가 없습니다. 저는 당신들을 한 명도 죽이지 않았고 또 저 나팔 외에는 아무런 무기도 없습니다."

　적군 한 사람이 나팔수에게 말했다.

　"물론 네 자신이 전쟁에 직접 참여하지 않은 것은 안다. 하지만 너는 다른 사람들을 자극하여 전쟁에 참가하도록 한 것만으로도 죽을 이유는 충분하다."

철 학 담 소

자신이 한 일이 다른 사람에게 직접적인 피해를 주지 않는다고
죄가 없는 것은 아니다.
나쁜 일을 하도록 부추기는 일이 더 큰 죄일 수 있다.

하일,
히틀러!

히틀러가 어느 정신병원을 시찰했다. 모처럼 히틀러의 방문에 입원
한 환자들은 휴게실로 모이게 되었다. 이윽고 히틀러를 선두로 한 일행
이 실내로 들어서자 전원이 "하일, 히틀러!" 하고 경례를 했다. 그런데
구석 자리에 서 있던 한 사람은 꼼짝도 않은 채 묵묵히 서 있기만 했다.
히틀러가 뚜벅뚜벅 다가가 물었다.

"그대는 왜 경례를 하지 않는가?"

"저는 간호사입니다. 미친 사람이 아니기 때문이죠."

철 학 담 소

사람은 자신의 육체가 나타내고 있는 그러한 인간은 아니다.
사람의 본질은 정신이다. 육체가 나타낼 수 있는 그런 것이 아니다.
자신의 육체 속에 깃들어 있는 정신이 움직이고 느끼고 기억하는 것이 바로
자기 자신이다.

20 . . _____

_____

_____

_____

_____

20 . . _____

_____

_____

_____

_____

20 . . _____

_____

_____

_____

_____

20___ . . ___ _____
_____
_____
_____
_____

20___ . . ___ _____
_____
_____
_____
_____

20___ . . ___ _____
_____
_____
_____
_____

20___ . . ___ _____
_____
_____
_____
_____

20___ . . ___ _____
_____
_____
_____
_____

20___ . . ___ _____
_____
_____
_____
_____

20 . . _____

_____

_____

_____

_____

20 . . _____

_____

_____

_____

_____

20 . . _____

_____

_____

_____

_____

20___.___.___ _____

_____

_____

_____

_____

20___.___.___ _____

_____

_____

_____

_____

20___.___.___ _____

_____

_____

_____

_____

20___.___.___ _____

_____

_____

_____

_____

20___.___.___ _____

_____

_____

_____

_____

20___.___.___ _____

_____

_____

_____

_____

20___ . ___ . ___ _____
_____
_____
_____
_____

20___ . ___ . ___ _____
_____
_____
_____
_____

20___ . ___ . ___ _____
_____
_____
_____
_____

20 . . _____

_____

_____

_____

_____

20 . . _____

_____

_____

_____

_____

20 . . _____

_____

_____

_____

_____

20___ **.** ___ **.** ___ _____
_____
_____
_____
_____

20___ **.** ___ **.** ___ _____
_____
_____
_____
_____

20___ **.** ___ **.** ___ _____
_____
_____
_____
_____

20___.___.___ _____

_____

_____

_____

_____

20___.___.___ _____

_____

_____

_____

_____

20___.___.___ _____

_____

_____

_____

_____

20___ . . ___ _____
_____
_____
_____
_____

20___ . . ___ _____
_____
_____
_____
_____

20___ . . ___ _____
_____
_____
_____
_____

20___. ___. ___ _____
_____
_____
_____
_____

20___ ___. ___ _____
_____
_____
_____
_____

20___, ___. ___ _____
_____
_____
_____
_____

20_____ . . _____ _____

_____

_____

_____

_____

20_____ . . _____ _____

_____

_____

_____

_____

20_____ . . _____ _____

_____

_____

_____

_____

20___.___.___ _____

_____

_____

_____

_____

20___.___.___ _____

_____

_____

_____

_____

20___.___.___ _____

_____

_____

_____

_____

20___ . . ___ _____
_____
_____
_____
_____

20___ . . ___ _____
_____
_____
_____
_____

20___ . . ___ _____
_____
_____
_____
_____

20 . .

20 . .

20 . .

20 _ . . _____

_____

_____

_____

_____

20 _ . . _____

_____

_____

_____

_____

20 _ . . _____

_____

_____

_____

_____

20 . .

_____

20 . .

_____

20 . .

_____

20___.___.___ _____
_____
_____
_____
_____

20___.___.___ _____
_____
_____
_____
_____

20___.___.___ _____
_____
_____
_____
_____

20 . . _____

_____

_____

_____

_____

20 . . _____

_____

_____

_____

_____

20 . . _____

_____

_____

_____

_____

20___ . . ___ _____
_____
_____
_____
_____

20___ . . ___ _____
_____
_____
_____
_____

20___ . . ___ _____
_____
_____
_____
_____

20 . . _____
_____
_____
_____
_____

20 . . _____
_____
_____
_____
_____

20 . . _____
_____
_____
_____
_____

20___ . ___ . ___ _____

_____

_____

_____

_____

20___ . ___ . ___ _____

_____

_____

_____

_____

20___ . ___ . ___ _____

_____

_____

_____

_____

20___.___.___ _____
_____
_____
_____
_____

20___.___.___ _____
_____
_____
_____
_____

20___.___.___ _____
_____
_____
_____
_____

20___ . . ___ _____
_____
_____
_____
_____

20___ . . ___ _____
_____
_____
_____
_____

20___ . . ___ _____
_____
_____
_____
_____

20 . .

20 . .

20 . .

20___ . . ___ _____

_____

_____

_____

_____

20___ . . ___ _____

_____

_____

_____

_____

20___ . . ___ _____

_____

_____

_____

_____

20 . .

20 . .

20 . .

20___ . ___ . ___ _____
_____
_____
_____
_____

20___ . ___ . ___ _____
_____
_____
_____
_____

20___ . ___ . ___ _____
_____
_____
_____
_____

20 . . _____

_____

_____

_____

_____

20 . . _____

_____

_____

_____

_____

20 . . _____

_____

_____

_____

_____

20___ . . ___ _____
_____
_____
_____
_____

20___ . . ___ _____
_____
_____
_____
_____

20___ . . ___ _____
_____
_____
_____
_____

20 . .

20 . .

20 . .

20 __ . __ . __ _____
_____
_____
_____
_____

20 __ . __ . __ _____
_____
_____
_____
_____

20 __ . __ . __ _____
_____
_____
_____
_____

20 . .

20 . .

20 . .

20___.___.___ _____

_____

_____

_____

_____

20___.___.___ _____

_____

_____

_____

_____

20___.___.___ _____

_____

_____

_____

_____

20 . .

20 . .

20 . .

20 . . _____
_____
_____
_____
_____

20 . . _____
_____
_____
_____
_____

20 . . _____
_____
_____
_____
_____

20 . . _____

_____

_____

_____

_____

20 . . _____

_____

_____

_____

_____

20 . . _____

_____

_____

_____

_____

20___.___.___ _____

_____

_____

_____

_____

20___.___.___ _____

_____

_____

_____

_____

20___.___.___ _____

_____

_____

_____

_____

20___ . . _____

_____

_____

_____

_____

20___ . . _____

_____

_____

_____

_____

20___ . . _____

_____

_____

_____

_____

20___ . . _____
_____
_____
_____
_____

20___ . . _____
_____
_____
_____
_____

20___ . . _____
_____
_____
_____
_____

20___ . . _____

_____

_____

_____

_____

20___ . . _____

_____

_____

_____

_____

20___ . . _____

_____

_____

_____

_____

20___.___.___ _____

_____

_____

_____

_____

20___.___.___ _____

_____

_____

_____

_____

20___.___.___ _____

_____

_____

_____

_____

20 . .

20 . .

20 . .

20 . . _____

_____

_____

_____

_____

20 . . _____

_____

_____

_____

_____

20 . . _____

_____

_____

_____

_____

20___ . . _____

_____

_____

_____

_____

20___ . . _____

_____

_____

_____

_____

20___ . . _____

_____

_____

_____

_____

20___.___.___ _____
_____
_____
_____
_____

20___.___.___ _____
_____
_____
_____
_____

20___.___.___ _____
_____
_____
_____
_____

20 . .

_____

_____

_____

_____

_____

20 . .

_____

_____

_____

_____

_____

20 . .

_____

_____

_____

_____

_____

20___ . . ___ _____
_____
_____
_____
_____

20___ . . ___ _____
_____
_____
_____
_____

20___ . . ___ _____
_____
_____
_____
_____

20 . .

20 . .

20 . .

20___.___.___ _____
_____
_____
_____
_____

20___.___.___ _____
_____
_____
_____
_____

20___.___.___ _____
_____
_____
_____
_____

20 . .

_____

_____

_____

_____

20 . .

_____

_____

_____

_____

20 . .

_____

_____

_____

_____

20___ . . ___ _____
_____
_____
_____
_____

20___ . . ___ _____
_____
_____
_____
_____

20___ . . ___ _____
_____
_____
_____
_____

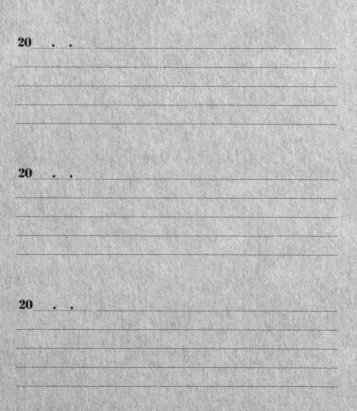

20 ____ . __ . __ _____
_____
_____
_____
_____

20 ____ . __ . __ _____
_____
_____
_____
_____

20 ____ . __ . __ _____
_____
_____
_____
_____

20 . . _____
_____
_____
_____
_____

20 . . _____
_____
_____
_____
_____

20 . . _____
_____
_____
_____
_____

20 . . _____

_____

_____

_____

_____

20 . . _____

_____

_____

_____

_____

20 . . _____

_____

_____

_____

_____

20___ . . ___ _____

_____

_____

_____

_____

20___ . . ___ _____

_____

_____

_____

_____

20___ . . ___ _____

_____

_____

_____

_____

20　.　.

20　.　.

20　.　.

20 . . _____
_____
_____
_____
_____

20 . . _____
_____
_____
_____
_____

20 . . _____
_____
_____
_____
_____

20 . .

_____

_____

_____

_____

_____

20 . .

_____

_____

_____

_____

_____

20 . .

_____

_____

_____

_____

_____

20___ . . _____
_____
_____
_____
_____

20___ . . _____
_____
_____
_____
_____

20___ . . _____
_____
_____
_____
_____

20___. . _____

_____

_____

_____

_____

20___. . _____

_____

_____

_____

_____

20___. . _____

_____

_____

_____

_____

20___. ___. ___ _____
_____
_____
_____
_____

20___. ___. ___ _____
_____
_____
_____
_____

20___. ___. ___ _____
_____
_____
_____
_____

20 . . _____

_____

_____

_____

_____

20 . . _____

_____

_____

_____

_____

20 . . _____

_____

_____

_____

_____

20 __ . __ . __ _____

_____

_____

_____

_____

20 __ . __ . __ _____

_____

_____

_____

_____

20 __ . __ . __ _____

_____

_____

_____

_____

삶을 바꿔주고 변화시키는 지혜의 책

탈무드

유대인의 삶의 지혜와 법, 구전 등이 집대성된 책이다. 탈무드 한 권 속에는 인생이 무엇이며, 또한 인간의 존엄이란 무엇인가? 행복은 무엇이고, 사랑은 무엇인가에 대한 유대인들의 온갖 지적 재산과 정신적 자양분이 모두 담겨 있다.

마빈 토케이어 지음 | 정다문 엮음 | 128×193 | 292쪽 | 값 10,000원

톨스토이 명언과 함께하는

톨스토이 단편선

다른 사람을 위하여 희생을 하는 것이야 말로 진정한 사랑이다. 다른 사람과 다른 살아있는 모든 것들을 위하여 나를 버리는 이런 사랑이야말로 진정한 사랑이다.

N. L 톨스토이 지음 | 정다문 엮음 | 128×190 | 464쪽 | 값 11,000원

어린왕자의 작가가 전해주는
풍부한 상상의 세계와 아름다운 꿈의 나라!

생텍쥐페리 명작선

생텍쥐페리가 보낸 9편의 사색엽서가 그대의 삶을 한번 더 생각하게 해 줄 것이다. 그리고 꿈꾸게 해 줄 것이다.

생텍쥐페리 지음 | 정다문 엮음 | 김지훈 그림 | 128×190(양장) | 444쪽 | 값 10,000원